누구시더라

김인자 시노래집

달아실시노래집
01

AI와 함께하는 시노래

누구시더라

달아실

일러두기

1. 보조용언과 합성명사의 띄어쓰기 등 본문의 맞춤법은 시인의 의도에 따랐습니다.
2. 이 시집에 실은 시편들은 신작이 주를 이루지만 일부는 이전 시집이나 다른 매체에 발표한 시편들을 다듬어 재수록하였습니다.
3. 본문의 시편마다 인쇄된 큐알코드를 통하면 유튜브를 통해 노래를 감상할 수 있습니다.

프롤로그

신산한 삶이었으리
하필이면 저리 협소하고
아슬아슬한 자리일까

영동고속도로 대관령 제1터널 입구
여름내 무리 지어 꽃을 피우던
노란 사데풀꽃

때가 되자
부푸러기 흰옷으로 갈아입고
이륙 신호를 기다린다

어느 행성으로 데려가 줄 지는
바람이 정하는 일이지만
부푸러기를 보며 드는 생각

가장 무서운 저항은
침묵과 정중함이 아닌가 싶다
눈만 뜨면 스콜처럼 쏟아지는 지상의 말들은
어찌하여 이리도 가짜들뿐인가

그럼에도 불구하고, 나는

2026년 봄 대관령에서
김인자

차례

누구시더라

2부. 삶, 고독의 깊은 골짜기

3부. 파란색 예감에 취해보는 것

4부. 무디어지지 않는 기억 저편

5부. 내 영혼 반환할 곳을 찾아가는

1부 / 개쑥부쟁이의 노래

달빛 아래 걷다

만월은 밤의 정수리에서 빛나고
산정의 달빛은 고고하다
태양이 상처를 도드라지게 한다면
달빛은 상처를 위무해주지

마취의 순간처럼 아스라한 달무리
멀수록 빛난다는 별은 어디서 온 걸까
천천히 걸으며 밤이 늦도록
월광 소나타를 듣는다

눈을 감으면 모래사막이 펼쳐지고
눈을 뜨면 검은 원시림 속 한 줄기 달빛
바람이 머릿결을 쓰다듬는다
하늘에서 별이 떨어진다

구름이 달을 가린다

달빛은 돈강처럼 흐르고
월광 선율에 출렁이는 은빛 물결
잊을 만하면 지나가는 자동차 불빛이

먼바다의 등대처럼 아련하다

마음으로 볼 때 가장 아름다운 달
침묵의 입자들을 달빛이 뭉개며
빨라졌다가 다시 느려지는 걸음
지금 나는 어디론가 하염없이 흘러가고 있다

기차는 출발했네

먼 길의 시작은 늘 확신이 아니라
망설임의 그림자 속에서 비롯된다
의심의 눈이 깊어져야
닿을 수 있다고 하네

지구 저편에서 출발한 기차는
대양과 산맥 앞에서
여러 번 정차 중이네

창밖의 어둠에 비친 내 얼굴
아직도 어딜 향해 가는지 묻고 있었다

시공간을 가르는 이유는 묻지 말기
보스포르스 해협 지나
시베리아를 거쳐
몽골과 중앙 대륙까지

아무 말 없이 흘러가는 풍경들
이젠 이름조차 붙일 수 없는 시간
머뭇거림이 거듭될수록

나는 더 깊고 넓게 차오를 것이니

달려가거나 기다린다는 건
떨리는 마음이
하나의 종착지를 향해
굴절하지 않고 지향하는 것

견딜 수 없을 때
견디는 것이 사랑이라면
사랑할 수 없는 것을
사랑하는 것도 사랑이겠지

종착역이 가까워지자
허공을 바라보던 눈에
그렁그렁 차오르는 눈물
터질 듯한 심장

등 뒤에서 누군가 소곤거렸지
이곳이 그곳이라고
의심의 눈이 깊어져야

비로소 닿을 수 있다는 그곳

믿음은 언제나
의심의 그림자에 기대어 있고
사랑은 그 사이를 건너는 일이라네

슬픈 인연

전생에 당신은 신라의 승려였고
나는 천민의 여식이었다죠
부석사 배흘림기둥에 서서 내가 나를 떠나도
당신은 나를 떠나지 않겠다던
무언의 약속을 꿈처럼 기억해요

정월 그믐밤이었지요
곁에 없어도 함께하자며
서로의 손목에 붉은 실을 묶었던가요
험한 저잣거리를 홀로 떠돌다 예까지 왔으나
남은 길 여전히 멀고 아득해
새의 날개를 훔치고 싶을 때도 있었지요

날개를 욕망하는 순간 다리마저 꺾일 줄이야
그렇다고 포기야 하겠어요
전생을 건너 이생에서 못 보면
다음 생엔 반드시 만날 거라며
경전에 두 손 얹고 바친 서약 어찌 잊겠어요

얼마나 많은 계절이 흘렀을까요

늙은 몸 밀며 끌며 오르던 거기
세월을 이기지 못해 얼굴이 뭉그러진 탑 하나가
선하디선한 미소를 짓고 있네요
믿어요, 믿을게요
나만 그리워한 것이 아니란 걸요

겨우 한 가닥 남은 붉은 실이 끊어지기 전에
손을 잡아야 할 텐데
저 감나무엔 엄동에도 붉은 홍시가
청사초롱을 밝히고 있군요
오늘을 기다리고 또 기다렸을 당신

당신이 나를 버린 게 아니라
내가 당신을 떠났다는 걸 알았을 때
너무나 애통했던 난 마른 땅에 엎드려 흐느끼고
당신은 산이 떠나갈 듯 쩌렁쩌렁 웃다가 울다가

이런 애절이 있을까요
이런 통절이 또 어디에 있을까요

봄꽃이 진다

별처럼 타오르던 봄꽃은 진다

'말'보다 먼저 아픔이 왔다
눈비가 내리던 4월의 밤

닫힌 문을 두드리던 그대 목소리
침묵의 안쪽에서 울고 있었나 보다

그렇게 맞이했던 4월도
먼 산 고비 몰아치던 설한풍도 끝이다

견딘다는 말은
그렇게 뜨겁고 깊은 소리였으니

언제나 너는 내 안에서 울고
나는 멀고 먼 바깥쪽에서 울었다

모든 소리의 가장자리는 아프다
별처럼 타오르던 봄꽃이 진다

약속

이른 아침의 유혹
훅~ 달려드는 젖은 풀 향기
잎갈나무에 조용히 새긴
나와의 오랜 약속

내 몸과 마음 받아주는
이 자리를 그만큼 사랑하기

꽃과 풀과 벌레
눈에 닿고 살에 닿는
모든 것들의
숨결을 놓치지 않기

부동한 나무의 인내를 존중해
숲에 머물 땐
주인처럼 애정하고
하인처럼 돌봐주기

예쁜 것들을 어여삐하듯
못난이들도 애정하기

나무들이 부르는
바람 노래에 귀를 기울여봐

집으로 돌아갈 땐 모두
제자리에 두고 가기

무엇이 혼자 힘으로 붉어지는가

만물에게 이로운 양광은
얇고 투명한 황금빛으로 쏟아져 내리고

익어가는 열매만큼
아름다운 시간은 없을 것이므로
모든 생명이 그러한 건
스러지면서 완성하기 때문이다

아무것도 용서하지 마라
용서를 구해야 한다면 자신에게 하라
익다 만 사과가 아니어도
누가 무엇이 혼자 힘으로 붉어지는가

행복하고 싶다면 불평은 잊어라
아무것도 할 수 없는 날들이 흘러간다고

아무것도 할 수 없는 날들이야말로
무엇이든 가능한 날이 아니겠니
현명한 사람은 그늘을 불평하기 전에
빛이 있는 곳으로 마음을 그러모으는 사람이다

우울과 불안을 이기려면 몸을 움직여라
노래를 부르고 춤을 추어라
말이 앞서는 사람을 멀리하고
핑계를 무기로 삼는 사람을 경계하라

너는 만추의 단풍 색깔처럼
나를 사랑한다고 했지
네 심장을 찌른 칼에 묻은 붉은 피처럼
영원히 나를 사랑한다고 했던가

네 칼끝의 피를 네 혀가 핥고
네 손끝의 지문을 네가 뭉개던
그렇게 너는 나를 사랑한다고 했다

가을이 끝나면
기다리지 않아도 겨울이 오겠지
그다음은 그때 가서 생각하자

바흐와 아침

소쩍새가 새벽을 깨운다

앞치마를 두르고
빵 반죽을 오븐에 넣는다
커피를 내리고 과일을 준비하는 동안
오늘 그의 첫 선곡은 바흐

빵 냄새와 커피 향이
느린 강물처럼 집안을 맴돈다
이럴 땐 가볍게 스텝을 밟아야지
밟으면서 흘러가야지

앞산은 온통 연두 연두
빵과 바흐로 충분하지만
조금 전 꺾어 온 누이 같은 망초꽃도
다발로 웃고 있으니

먼 길을 돌아 비로소 첫날처럼
식탁에 마주 앉아 나누는
나직한 대화와 소박한 식사

빈 접시에 담긴 아침 햇살

아직 멈추지 않는 바흐
이렇게 시작하는 하루
이 희락을 부정한다면
세상 무엇이 행복이겠는가

봄이 온다는 건

봄이 온다는 건
우리의 몸과 마음이
서로에게
기운다는 말이잖아

저 아릿한 물비린내와
여리디여린 풀빛과 꽃빛
목덜미를 기어오르는
간지러운 햇살

새벽 숲을 걷는 동안
내게 찾아온
묵상과 참회의 시간들
지금 나를 감싸는 이 가없는 평화

봄이 온다는 말은
나와 당신이
우리가 된다는 말이잖아
아~ 봄 나의 봄 우리의 봄

저 아릿한 물비린내와
여리디여린 풀빛과 꽃빛
목덜미를 기어오르는
간지러운 햇살

새벽 숲을 걷는 동안
내게 찾아온
묵상과 참회의 시간들
지금 나를 감싸는 이 신성한 평화

봄이 온다는 말은
나와 딩신이
우리가 된다는 말이잖아

나와 우리가
당신이 된다는 말이잖아

풀의 노래

그치
아가 볼의 분 냄새 같은
풀이란 말 참 좋지 않니?
풀잎이라는 그 부드러운 이름도
아가 뺨의 젖 냄새 같잖아

풀물 든다는 말도 곱고
풀 향기라는 말도 고운데
풀꽃이라는 그 말은 더 좋아
풀의 노래, 풀의 춤처럼

이름 없이도 피어나던 시절
장미도 작약도 다 풀이었잖아
너도 나도 풀이어서 그때
우린 참 자유로웠지

풀보다 못한 종들만
풀을 풀로 여긴다지만
짓밟혀도, 엎드려도 당당한
지상에 가장 자유로운 존재

꽃 되려 바라보지 않고
풀이라 고개 숙이지도 않은 채
세상 끝나는 그날마저도
나는 다시 피어날 거야

눕지도 꺾이지도 않고
기어이 멸망을 딛고
가장 먼저 일어나 상처를
덮으려 하겠지

아버지의 바다

아버지
나는 지금
옛날 아버지가 등 떠밀어 준
강 앞에 서 있어요

위에서도 바닥에서도
아니 그보다 깊은 지하에서도
흘러가는 것 모두 강이라면
아버지가 원치 않았던
이 초라한 상처를 안고
여기까지 흘러온 지금
내 인생도 강이겠네요

아버진 내 손을 뿌리치고
굽이치는 긴 강을 지나
이미 바다에 이르셨군요
아버지를 바다에
데려다준 것도 강이라면
나를 이 강에 오래 두는 건
아버지가 주신 꿈이겠네요

시간이 짜 놓은
그물에 걸린 고기들이
허연 배를 드러내고
떠오른 강가에서
이제 무엇으로 힘을 얻어
바다로 흘러가나요

묻고 싶어요 아버지
아버지가 바다일 때
나도 바다일 수 없나요

슬픈 몽유

깊다는 건 넓이를 어둠 속에
담고 있다는 거잖아요

불안을 내려놓자
낮은 신음 소리로 달려가던 강은
물비린내로 깊어지고 말았다지요

몸이 기우는 곳은 언제나 높고 깊고
소스라치게 그윽한, 당신
바람은 기어이
가을을 문 앞에 세우고 말았군요
구름 사이로 귀소하던
두루미 떼의 비상을 보았던가요

강은 그대로인데
몽유라면 이 같은 그림을
감사로 전언하는 당신이야말로
가장 황홀한 몽유지요

몸이 흥건하던 그 아침은

한 번도 느껴보지 못한 당신의 향기가
나의 꽃밭에 흘러넘쳤다는 거
아시나요

향기에 취해 나는 비틀거렸고
밤새 길을 헤매야 했지요
향기를 따라가다 보니
꽃밭에서 멀어지거나
터무니없이 가까워지는
일들이 일어났고요

그날 이후
홀로 그 꽃밭 지키는 일
형벌 같았지요

다시 밤이 오고 아침이 와도
당신의 향기는 여전했지요

그러나 당신이
돌아올 수 없다는 걸 알았을 때

비로소 꽃도 시들고
향기도 사라졌다지요

겨울 자작나무

추위와 결핍을
불평 않는 의연함
신기루 같은 노을 사그라들고

가로등 하나둘 켜질 때쯤
어둠은 눈보다 흰
자작나무 가지를 타고
산 위에서 마을로 내려온다

아이 키만큼
눈 쌓인 숲에는
먹이를 찾는 짐승의 발자국
간지러운 눈발처럼 쌓인다

경계에 묶이지 않는 새라고
욕망이 없을까
겨울 숲의 새소리는
메스처럼 빛난다

해가 바뀌고 한 사람이 떠났다

나는 보내지 않았으나
그는 겨울 숲으로 갔다

그가 쏟아 놓은 숱한 추억…들
시효 끝난 티켓처럼 버려졌고
어떤 유혹도 더는
멀미를 일으키지 않는다

몸이 휠 만큼
눈을 안은 자작나무도
그를 향한 그리움도
빠르게 멀어져 갔다

며칠째 폭설에 갇혀보면
눈꽃만으로도, 세상이
빛날 수 있다는 것을
알게 되겠지

내일도 눈은 올 것이다
내 머리 위에

실핏줄 같은
저 자작나무 가지에도

가을을 품은 바람

가을을 품은 바람이 분다

가문비 숲을 만나고 오는 날은
나무속에 집을 짓고
나무속에서 잠을 자며
나무가 되는 꿈을 꾼다

아무리 걷고 뛰어도
닿을 수 없다 절망했던 그곳

수수만년 허물어지지 않을
가문비나무로 지은
성채가 있다는 걸 알았다

정신의 외곽에는
초록 햇살이 풍성하다

쏟아지는 빛무리를
감당할 수 없을 때
가벼움과 무거움 사이를

서성이고 싶을 때가 있다

가문비 숲을 만나고 오는 날은
나무속에 집을 짓고
나무속에서 잠을 자며
나무가 되는 꿈을 꾼다

가을을 품은 바람이 분다

첫눈

초겨울 비가
사선으로 내려앉는
저 그림과 속도를
느낄 줄 아는 사람이 나는 좋다

돌아가는 것들의 쓸쓸한 등
마른 어깨
낙엽이 숲을 휩쓸 때도
지난여름의 정원을
기억할 줄 아는 사람

나는 꽃을 사랑했던가
나무를 사랑했던가
풀과 벌레와 이슬을 사랑했던가

만추가 겨울에게 자리를 내어주고
빛 속으로 사라지는 걸 본다
어둠이 빛을 이기듯
어둠을 이기는 것도 빛이다

이른 아침 햇살에 떠밀려
속옷을 벗듯 얇은 막을 걷어내는
첩첩의 산그리메는
소리 없이 다가오는 그대처럼
아득해진다

사납던 바람이 멈추고
밤새 흐느끼던 울음소리도 그쳤다
소음이 묵직한 고요를 덮는다

눈 내리면 아주 먼 이야기도, 그대도
아무 일 없던 깃처럼
하얀 기억 속으로 묻힐 것이다

사구의 오후

영화에서 본 마션의 어느 지점
그곳을 지나고 있었지

저 멀리 바위산의 유혹
손을 잡고 걸어가던 우리
푸르고 높은 곳을 향하던 발끝
모든 게 금빛으로 빛났던
그 사구의 오후

닿을 듯 말 듯한 어깨와 마음
두 입술 사이로 스며든 밤
하늘의 숨결이 멈추던 순간
우린 서로를 불렀지

자리에 누워 양을 세던 날
끝내 셀 양이 사라질 무렵
작약이 잎을 떨구는 소리에
귀는 다시 환히 열렸지
피지도 못한 꽃들처럼
우리의 말들도 공중에 맴돌았어

누군가에겐 홍수가 재앙
누군가에겐 가뭄이 재앙이듯
선택은 곧 버림
내려놓음의 다른 이름이야

나무의 정령이 머무는 숲에
늙은 목수를 불러
머릴 숙여야만 들어갈
작은 마가리를 지었을 때
드디어 알았지
때가 왔다는 걸

개쑥부쟁이의 노래

어쩌다 산 절개지를 타고 올라가
허공에 목숨을 걸고 한생을 바쳐 피운 꽃, 개쑥부쟁이
행인 하나 없는 한적한 구릉지대에
하늘은 봐주겠지 하는 마음이었을까

거친 바람에 사정없이 뺨을 맞으면서도 피운 목숨이니
그런 지금의 모습이 얼마나 대견하겠니
다행히 쑥부쟁이가 매달린 곳은
고원의 너른 구릉지대
파란 하늘과 흰 구름이 내려앉은 자리

우우- 하는 소리는
아마 향기로 부르는 개쑥부쟁이들의 합창이었을 거야
귀할수록 이름은 천하게,
쑥부쟁이면 어때서, 굳이 개쑥부쟁이일까
저토록 고운데 이름이야 아무려면 어때

저 고지에 깃발을 꽂은 목숨이니
천한 자리 천한 이름 탓할 수도 없고
하늘이 하도 파래서

개쑥부쟁이가 하도 하늘거려서
내 눈에 파란 우물 하나 생긴 것도 잊었다

저 예쁜 것들을 두고 산을 내려오는데
아쉬움에 뒤돌아보고 또 보는 내게
개쑥부쟁이가 뭐랬는지 아니?
"나도 살잖아, 그러니까 너도 살아. 응?"

빛이 있으라 하니 빛이 있었고
색이 있으라 하니 색이 있었듯
저 빛의 금침을 잎갈나무 가지에 꽂고
전봇대가 줄 맞춰 서 있고
노루가 떠는 붉은 만추를 따라
빛이 기울어질 무렵이면
난 네 그림자를 기다리는 나무가 될 거야

꽃도 고독과 외로움을 느낄 것이다
살아있으니까 외로운 거야
가끔은 참을 수 없이 외롭다면
그건 뜨겁게 살아있다는 증거

그럴 땐 더 힘을 내는 게 맞아

나무들아, 꽃들아, 풀잎들아
잠시 떨어져 있다고 설마 너희들을 잊겠니
진다 해도 다시 필 걸 아는데

2부

삶, 고독의 깊은 골짜기

리빙 하바나

너는 아투로
나는 마리아넬라

밤이다
날이 밝기 전 우리,
말레콘을 넘는 푸른 파도
끈적거리는 재즈와
붉은 혁명이 숨 쉬는
하바나로 가야지

부에나 비스타 소셜클럽은 어때?
가서 기꺼이 자유로운 새가 되자
막차를 놓친 연인처럼
밤거리를 배회하다
누울 자리 하나만 있으면 그만

몸이 누더기가 되도록
밤새 사랑을 나누고
시가를 물고 커피향에 취해
눈을 뜨는 아침이면 좋겠어

너는 아투로
나는 마리아넬라
이 빛 스러지기 전
어서 가자 하바나로

모든 영혼을 한 곳에 바칠 수 있는
우리 여행의 종착지는
하바나여야 해

너는 아투로
나는 마리아넬라

탱고

"엉키는 것, 그것이 바로 탱고"라 했지
지루한 인생과는 다르다고
그래서 위대하다고

붉은 조명 아래 흔들리는 그림자
가파른 호흡이 부딪히네
스텝이 엉켜도 멈추지 마
탱고는 인생을 가르쳐 주지

보르헤스는 말했네
"탱고는 저지르지 않은 죄와
겪어보지 못한 불행마저도
노래하게 만든다"고

탱고는 온몸으로 쓰는 시
세상에 남은 춤의 마지막 종착지

금지된 것이 매혹이 되고
남과 여는 불꽃이 된다
구슬픈 선율에 거친 몸짓
영혼이 요구하는 대답이 된다

아직도 인생이 궁금하다면
부에노스아이레스로 와
하지만 돌아갈 티켓은
포기해야지

밤마다 속삭이는 유혹의 눈빛
나를 데려가, 끝까지
탱고여, 마지막 춤
내 영혼을 삼켜다오

우수아이아*

그곳에선 그곳을 볼 수가 없대
세상 끝이어서 세상 끝만큼
아름답다는 티에라 델 푸에고

몸 안의 기쁨을 불러내는 햇살
몸 안의 슬픔을 호명해주는 안개

어느 계절에 도착하더라도
지금껏 품어온 사랑과
이별을 추억하기에
가장 멋진 날씨가 기다리는 곳

그리움이 부메랑처럼 돌아올 때
하늘을 떠돌던 새들도 돌아와

깊어질 대로 깊어진 애증과
이루어질 수 없었기에
사랑이었을지도 모를 사랑

슬픔을 반납하고 분노를 푼다는

그곳까지 가
손을 잡아줄 신은커녕
자신을 버려줄 신조차
없다는 걸 알았을 때

폭풍처럼 달려드는 고독
송곳 같은 바람이 몸을 괴롭혀도
풍경으로 아픔을 잊게 한다는 그곳

사람들은 오직 슬픔을 버리기 위해
오늘도 그곳으로 모여들지만
대개는 길 위에다 슬픔을 흘려버려

남은 슬픔이 그리 크지 않았을 때
마젤란 펭귄처럼 다시 그곳에서
새로운 사랑을 꿈꾼다고

* 세계 최남단 도시, '세상의 끝'이라는 별명을 가진 아르헨티나 티에라델푸에고 주도.

줄레 알치

저길 봐
보리 낟가리에 숨은 보름달
키다리 나무를 타고 내려온 바람이
알치 사원의 종을 치고
달아나는 새벽

바람결에 웅얼웅얼
룽다가 경을 외네

잠이 덜 깬 맨발의 어린 스님은
눈을 비비며 바질 내려
감자밭에 물을 주네

아침마다 스님이 돌본 감자꽃은
하늘로 올라가 별이 되었다네

그 별은 밤마다 차르르 차르르
인더스 강 위로 쏟아져
강물은 별무리로 흘러갔네

눈웃음에 홀려
덩키만 따라다니는 새떼들
북을 치며 나타난 박물 장수
노랗게 익은 살구만 골라 따는 바람도

소원은 오직 하나
타향살이 접고
고향 티벳으로 돌아가는 것

새벽부터 저녁까지 스투파를 돌며
마니차를 돌리는
줄레* 할아버지의 고향도 티베트

알치 사람 모두의 소원은
티벳 프리! 티벳 프리!
줄레, 라다크
줄레, 알치

* 티베트인들과 라다키들이 주로 쓰는 우리의 '안녕하세요'와 같은 인삿말.

낙타를 타고 사막 가자

어디로 가고 있는지
낙타는 붉은 모래 바다를
무장 무장 헤엄쳐 갔다
지붕도 문짝도 없는 길들이
돌아서면 지워지고 사라졌다

우우— 낙타가 울었다, 울면서 노래하면서
'괜찮아, 다 괜찮아'라고 했지만
노마드의 길은 멀고도 험했다

베두인 천막집 온도계는 62도를 가리켰다
내 생애 비등점으로 기록될 살아있는
저 시뻘건 눈금.
눈 한 번 돌리지 않는 낙타는
어딘가 잘못되었지 싶다

달궈진 모래 위에 제 몸을 굽는 낙타
무슨 죄 그리 많아 신음 한 번 없이 견디는가
나는 낙타를 향해 야유를 퍼부었다
"저 등신, 등신 같으니라고!"

그 말끝에 한 남자가 웃으며 지나갔다
낙타의 원죄는 모르겠지만
살아있어도 산 것이 아닌 낙타가
종일 하체를 접고 눈만 깜박거렸다

나는 그렇게 단정 짓고 투항하는 자세로
무너진 허리에 파스를 붙이고
저녁이 오기를 기다렸다
밤이 오기도 전 아침을 기다리는 일은
얼마나 무모한가

그릴지라도 닉타를 미워하지 못한 건
붉은 모래밭을 걸어
나를 오아시스로 데려다줄 그가 아닌가
모래 산 정상에 만월이 떠올랐을 때
나는 여기서 생이 멈추었으면 싶었다

낙타가 목숨을 부지할 수 있었던 건
정신을 놓았기 때문이라고 했다

나 역시 정신을 놓아
예까지 왔노라 고백했다

귀신처럼 바람의 말을 알아듣는 사하라의 낙타
얼마나 많은 낙타의 눈물이 소금을 만들었을까
그 밤 나는 낙타보다 열 배는
더 등신 같은 한 남자를 생각했다

수만 개의 보석이 걸린 하늘은 죽음보다 환했다
우우~ 바람이 모래를 나르는 소리
여우 우는소리 귀를 파고드는 밤
그날 이후 내 몸에는
사하라의 검은 아이가 무럭무럭 자라고 있다

동자꽃 스님

오래된 미래 인도 라다크
하늘에 주소를 둔
바위산 절벽엔
작은 사원 하나 걸려 있네

그곳으로 오르는 길목엔
기도 깃발이 바람에 펄럭이고
숨을 헐떡이며 올라간
작은 곰파* 라마유르**

손수건만 한 창으로 기린 목을 하고
밖을 내다보던 아기 스님
눈이 마주치면 검게 튼 뺨
수줍음 가득한 미소

밤마다 엄마 품이 그리워
울다 잠들었을
어리디어린 동자승

어린 아기, 부처님께 맡기고

기도하던 어머니 마음
깃발은 아는 듯 나부끼네
옴 마니 밧메 훔

스님, 세월이 물처럼 흘렀으니
그때 입었던 주황색 승복은
아기 옷이 되었겠죠

오늘, 숲길을 걷다가
스님 닮은 동자꽃이 나를 반겨
스님 생각이 났답니다
그리워요

큰스님 몰래 쥐여준 초콜릿 하나에
참을 수 없이 행복해하던
그날의 미소
아주 많이 그립습니다, 스님

* 북인도 라다크 지역에서 사원을 이르는 말이다.
** 라다크 지역의 마을 이름.

60

히말라야에서 쓴 편지

한 번이라도 그 산을 걷는다면
다신 예전의 나로 돌아갈 순 없대
신의 경고를 등지고
나는 또다시 일곱 번째 히말을 걷네

칼바람에 룽다가 춤추는 밤
경전의 소리 바람에 실리고
낯선 이가 잠을 청했을 이불 속에서
나, 너에게 편지를 쓰네

내가 글을 쓰고 있을 때면
너도 책장을 넘기고 있고
내가 발가락을 꼼지락거릴 때
너도 발가락 긁고 있다는 걸 알지

하늘에 가까워질수록 그리운 그대
내일은 더 높이 오를 것이다
읽다 만 경전 한 구절
바람에 실어 그대에게 보낸다

승복을 벗고 꿀리가 된 셸파
밤마다 내게 들려준
찬드라의 노래 속에서
나는 신의 뜻을 들었다네

산을 오르던 그날에 들려오던
조용한 진언의 메아리
아름답게 내게 다가온
옴 마니 밧메 훔*

멀고도 높은 이 길 끝에서
아직도 너를 부르는 바람
그대의 이름이 진언처럼
내 안에 울리네

눈을 감으면 들리는 소리
히말라야 골짜기마다
나를 따라 조용히 울려 퍼지던
옴 마니 밧메 훔, 옴 마니 밧메 훔

간월암

바다에 떠있는 꽃숭어리
바다를 건너는 달무리
물이 빠지면 길이 되고
물이 차면 피안이 되는 간월암

존재의 심연으로 안내하는 길잡이
목선 한 척
잘 벼린 쇠처럼
두드려 강해질 수 있다면
그래야겠지

낯선 곳에 나를 부려놓고 떠나간 배
저 물길 따라가는 동안
간조의 바다는 거칠지만

물이 차면 길이 되니
그때 촉을 다해 물을 더듬고
점자를 읽어 해독해야겠지

바다에 대자보를 붙이고

달아나는 물오리 떼를
매번 놓치는 이유가 뭘까

상흔이 남은 것은 아팠다는 말이고
아팠으니 치유해야 할,
파르라니 떨리는 물의 어깨에 손을 얹고
간월암으로 들어선다

바다가 잠잠해진다
풍경소리에 마음이 차분해진다
번뇌와 망상을 바다에 던지고
명상에 집중하는 시간

무엇에 홀려 이토록 아름다운
피안을 잊고 살았을까
시간은 게으름을 피워도 좋을 만큼
여유롭지 않으니

서둘러야 해
저 배마저 사라지기 전
건너야 할 저쪽

병산서원

서원을 저만치 두고
마음은 이미 붉은 꽃물로 질펀하다
배롱꽃 사열을 받으며
서원의 첫 문 복례문을 들어선다

내 몸이 어떤 조짐에
압도당하고 있었던 게 아닐까
하릴없이 가슴이 뛴다
마음을 어디다 두어야 할지

학문에 뜻을 두고 출가한 님
먼발치서 그림자라도 보고파
험한 길 달려온 처자처럼
심장은 왜 그리도 나대는지

나 무엇에 홀려 병산서원
광영지를 잊고 있었나 몰라

아, 꽃이 졌구나!
지는구나!

저 분분한 낙화
연못에 드리운 배롱나무 그림자
처자들은 맨몸으로
나른한 오후를 보내고 있다

아무도 등을 떠밀지 않았으나
스스로 붉은 치마 뒤집어쓰고
하르르 몸을 던졌다네
아는 이는 저 배롱나무뿐

해마다 이맘때면 병산을 넘고
낙동강 건너
누가 광영지에 몰래 숨어들어
저 질펀한 꽃물에 몸 담그고 가는지

시간이 흘러 저 꽃잎들
나무도 꽃도 아닌
연못이거나
병산의 깊은 골짜기가 되겠지

서원을 뒤로하고 복례문을 나서는데
노을이~
아~ 핏빛 강물이~

고달사지의 봄

알고 갔던 길과
모르고 갔던 무수한 길들이
다투어 유혹하는 봄이다

외로움이 쌓이면
내 속의 내가
나도 모르는 나를
고백할 때가 있다

봄 강물 보자며 집을 나선 3월 아침
손을 넣어 더듬더듬 여기가 거기겠지
가슴에 담아두었던 강천에 닿았으나
나를 싣고 갈 배는 변심한 애인처럼
강 건너에서 요지부동이다

고달사지가 나를 부른 건
바위 같은 본처의 마음일 테지
기어이 꽃을 봐야 열매도 눈을 감고
뛰어내리겠단 심사인지

산수유 노란 꽃 사리 붉은 열매 사리
저 고운 것이 하늘에서 떨어졌겠느냐
땅에서 솟구쳤겠느냐 아니면 누가
일부러 매달기라도 했겠느냐

꽃이 부르니 열매가 왔겠지
열매가 부르니 꽃도 좋아서
같이 살자 했겠지

양 이야기

초록이 물결치는 몽골 초원
달리는 차를 멈췄네
처음 본 평원의 숨결 속에
내 마음도 함께 멈췄어

양 떼들은 거친 구역에 갇혀
작은 풀을 뜯고 있었지
울타리 너먼 풍요로운 풀
그들은 가지 못하네

왜 그리 넓은 초원을
그저 바라보게만 할까
성찬에 빠져버린 양들은
배부른 걸 느끼지 못한다네

배가 터져 죽지 않게
메마른 풀밭에 머무는 삶
자유를 막는 게 아니라
그들을 지키는 벽이라네

슬픈 진실을 알게 된 그날 이후
양의 눈이 자꾸 떠올라

사람이 다가가도
고개를 숙이고 풀만 먹다가
눈을 잃은 채 불 위에 놓인
양의 이야기

콘도르가 양의 눈알을 파먹고
장님이 된 그 양은 끝내
통째로 구워졌다는
시인의 말이 떠올라

내가 먹은 따뜻한 고기 속에
그런 슬픔이 있었을까

배가 터져 죽지 않게
메마른 풀밭에 머무는 삶
욕심은 독수리를 부르고
우린 또 그 고기를 나눈다네

양의 눈을 마주한 그날
내 안의 침묵이 말을 걸었어

양 떼도 별 자릴 보고
집을 찾는다는
그 말은 믿지 않았지만
그날 이후 난 양의 눈을 봐
배를 봐, 마음을 봐

슬픔도 기쁨도 모른 채
우린 날마다 잊고 살지만
시작조차 못 한 이야기
내 안의 양이 속삭이네

처음 그 초원처럼
고요한 바람이 불었지

등대

좋은 일이
일어나면 좋겠지

그러나 좋은 일이
일어나더라도
지금처럼 아무 일도
일어나지 않는 것에 비할까

아무 일도 일어나지 않을 때
이것이 최고의 순간이라는 걸
잊지 않아야 해
잊지 않으면 돼

등대는 망망대해에만
있는 게 아니야
이 거리에도 있고
우리들 마음에도 있어

다만 등대보다 밝은
도심의 불빛에 가려져

눈에 보이는 그 너머
홀로 선 등대를 보지 못할 뿐

아무 일도 일어나지 않도록
우리가 항해할 지표와
닻을 내려야 할 곳을 알려주는
나의 등대를 찾아야 해

좋은 일이
일어나면 좋겠지

그러나 아무 일도
일어나지 않는 지금이
가장 좋은 순간이란 걸
잊지 않기로 해

동그라미 산책

걷는다
살아있음을 확인하는 첫 번째 의식이다
살아서 할 수 있는 가장 아름다운 일은
걷는 것이다

지난밤 이 숲의 풀들은
동그란 잠을 잔 모양이다
몸을 동그랗게 말고
그 위에 동그란 물방울을 달고
동그란 아침을 맞고 있다

지난밤에도 많은 비가 내렸다
이 비에 다친 아이들은 없을까
지금쯤 작은 꽃잎들은
동그란 어둠과 빗방울을 밀어내고 있을 것이다

새소리에 잠이 깬 아침,
우리는 초록 옷을 입은 저것을 '나무'라 부른다
우리는 온갖 색을 가진 저것들을 '꽃'이라 부른다

꽃보다 고운 저것은 '풀'이라 부른다
'풀잎'이라 부른다
멀리서 비라는 손님이 다녀가시면
나무와 꽃과 풀잎에 영롱한 보석이 열린다

볼 수는 있어도 만지거나 소유할 수는 없는
모두가 순간이지만 보석이 빛나는 시간도 찰나여서
그 보석을 알아보는 이도 지극히 소수
나는 오늘 그 아름다운 보석을 무장 무장 보았다

동그란 해가 떠오르면
발소리에 놀란 풀잎들이
농그란 자리에서 일어나
동그랗게 아침을 맞을 것이다

춘몽

신기루였나 아니면,
이생에서만 마주할 수 있는
낯선 계절이었나

산을 넘고 강을 건너서라도
기어이 닿고 마는 그리움
우울과 불안을 이기는 온기
입안에서 천천히 녹는 사탕처럼

온몸에 슬픔이 차오르면
수만 개의 눈물주머니가
동시에 터지는 이변 같은
봄비가 내리지

빛이 지나간 자리에 남은 그림자
낡은 의자를 쓰다듬듯
이 지극한 어루만짐
등이 간지러운 봄날의 꿈

사랑이란

깨어나야 비로소 알게 되는
짧고 깊은 잠

나의 나르시소스

나는 한 평의 땅도 사지 않았고
아무것도 심지 않았다
정원사를 고용한 적도 없다

내가 한 일은, 밥을 하다가도
바람이 불거나, 비가 오거나
안개가 부르면
입은 옷 그대로 낡은 신발을 끌고 나가
가든을 거닐다 오는 것이었다

한때는 꽃도 없고, 풀만 무성하다고
친구가 오지 않는다고 투덜거렸지만
이제는 밤마다 꽃밭 위로 별이 쏟아지고
노루와 고라니가 뛰고
온갖 풀벌레들이 합창하는
나만의 와일드 가든이 되었다

몽골 초원도
호주 대평원도 잊은 지 오래다
그런데 가끔은 궁금하다

이 넓은 정원에
명아자여뀌 씨를 뿌리고
물을 주고 가꾸는 이 대체 누굴까

숲의 요정들이 슬피 우는 호수에게 묻는다
"아름다운 나르시소스*가 죽어서 우는 거니?"
호수는 대답한다.
"나는 나르시소스의 아름다움을 몰랐어
그가 물에 얼굴을 비출 때
나는 그의 눈 속에서 내 모습을 보았지
이제 나는 더이상
그의 눈 속의 나를 볼 수 없기에 우는 거란다"

그렇다, 이 정원은 나를 비추는 거울
바람이 불면 내 마음이 흔들리고
별이 쏟아지면 나는 다시 피어난다
이건 나의 와일드 가든
나의 나르시소스

* 그리스 신화에 등장, 자기 자신을 사랑하다 파멸하는 존재를 대표하는 상징적인 인물.

나무는 향기로 사랑을 다스린다

비 오는 숲에는 모두가 비였듯이
안개 낀 숲에는 나무도 안개가 된다

삶 안의 삶이, 죽음 안의 죽음 또한 그랬듯이

우리가 끝내 용서할 수 없다 해도
천만번 우리를 용서하는 그대

나무는 향기로 사랑을 다스린다

3부

파란색 예감에 취해보는 것

라라라 봄이다

사랑스럽지 않니?
가만가만 까치발로
걸어오는 저 봄 좀 봐!

병아리는 삐악삐악
고양이는 야옹야옹
댕댕이는 멍멍멍
벚꽃과 개나리는 라라라
화음을 넣어 벙그네

진달래는 새색시 꽃단장
딱따구리는 딱딱 딱
소쩍새는 소쩍소쩍
여행 가방을 싸는 민들레는
룰루랄라 룰루랄라

유모차에 앉아있는 아기는
줄 맞춰 걸어가는 오리를 보고
짝짝짝 손뼉을 치며
깔깔깔 웃고 있네

연둣빛 불길이 밤골에 번지는 사월이다
장에 가고 없는 주인 없는 빈집
볕 가리 속에서 꾸벅꾸벅 졸고 있는 노란 병아리
자기 혀로 목덜미와 팔과 얼굴을 핥는 야옹이
야옹이는 댕댕이 형을 종종종 따라다닌다

병아리 야옹이 댕댕이는 가족이다
지금 댕댕이는 병아리와
야옹이를 돌봐주고 있다

골목을 뛰어다니는
아이들 웃음소리 까르르까르르
복숭아꽃 살구꽃이 팡팡 터지는 오후

곁에 있어도 먼 사람이 있고
멀리 있어도 살에 감기는 사람이 있다

사랑하지 않아도 그리운 사람이 있듯이
마시지 않아도 취하는 계절이 있다
라라라 그것이 재 너머 밤골의 봄

빈 욕조에 따듯한 물이 차오르는 동안

빈 욕조에 물을 받는다
탈의를 하고, 아기를 기다린다
잠에서 깨어 울던 아기는
엄마를 부르다 물소리에 울음을 멈추고
네 발로 기어 나를 찾아온다

소우주가 폭발하려는 새벽
수없이 넘어지며 익히던 첫 걸음
방언처럼 터지던 첫 언어
집안은 아기 웃음으로 넘쳐흘렀다

송글송글 이마에 맺힌 땀방울
아기 옷을 벗기면
분냄새 젖냄새 포근히 번지고
아기는 발가벗은 해방으로 방을 달린다

욕조에 물이 차오르는 짧은 순간처럼
인생이 그렇게 빨리 지나갈 줄
그땐 몰랐다
물 넘치는 소리와 함께

아가, 너는 조가비 손으로 물장구를 치고
내 등줄기를 타던 뜨거운 전율
아가, 너도 느꼈겠지

내가 내 어머니의 몸을 통해 왔듯
너도 나를 통해 온 나의 아가
하늘과 피로 이어진 우리의 길

빈 욕조에 따뜻한 물이 차오르는 동안
물장구치던 아가는 지혜로운 여자가 되고
다시 어미가 되어 물의 계보를 이어간다

외출에서 돌아오던 어느 날
내 가장 쉬운 위로는
빈 욕조에 물을 받는 일이었다

따뜻한 물 속에서
철없는 두 여자가 물장구를 치고
볼뽀뽀를 나누면

까르르~ 까르르~
욕실 창을 넘어 골목을 달리던
천사의 웃음소리
까르르~ 까르르~

아기 기저귀를 말리던 정오의 햇살에는
딸랑딸랑 종이 울렸지
그 빛이 목련을 지나
대추나무에 걸리면
우리의 마음은 종달새처럼 뛰었지

생각나니?
너를 품에 안고 욕조에 몸을 담그던 순간
우리의 몸과 살, 영혼까지
다 어루만져 주던 따스한 물

맞아, 우리 모두는 물에서 왔지
그래서 물이
우리의 고향이지

내가 꿈꾸는 세상

봄이 오면
흰 사과꽃이
세상을 평정하리라

나는 본다
사냥개도 무장병도 없는 국경을
사과가 익어 붉게 물드는
자유의 땅을 나는 그린다

한때, 나의 소원은
국경에 사과나무를 심는 것이었다
지뢰를 걷어내고
누구나 와서 심게 하는 것

달빛 아래 붉은 사과가 출렁이고
아이들의 웃음이 그 가지에 매달리면
그곳이 바로 우리가 기다린 세상

사과나무는 누가 심으리
경계 없는 여행자들

쌈짓돈을 풀어 나무를 심네
사과나무, 평화의 노래

내가 심은 사과를 내 아이가 따먹고
그 아이가 심은 나무를
아이의 아이가 따먹으리라
"This was planted by my grandfather!"
그 말이 자랑이 되는 날을 꿈꾸네

지뢰밭은 사과밭으로!
무기고는 저장고로!
전쟁터는 놀이터로!
붉은 사과의 기적
평화의 찬가로 울려 퍼지리라~

한 손이 다른 손을 잡아주듯
한 발이 늪에서 발을 건지듯
평화를 심는다는 건
그런 마음, 그런 마음이리라

사과꽃 도장을 손등에 찍고
징검다리를 건너가리
그늘 아래 누워 오수를 즐기리
그곳이 천국이 아닐까

사과는, 삶에 지친 이들이여
누구나 와서 따 드시라
그 사과를 맛본 이여
세상에 전하라
"There is a paradise of apple blossoms on earth!"
사과밭, 사과꽃, 평화의 세상
우리의 노래로~

바람노래

그렇게 우리
한 호흡으로 사무치는 일이야
거품 속 집 짓는 일과
무에 다르랴

돌아설 땐
우르르 달려드는 어둠 속
그 바람이야
비껴가기 위해 불었다 하자

떠서 흐르는 것
하늘만이 아니듯
펄럭이며 달려나가는 것
어찌 바람만이랴

달빛 흐느낌보다는
작게
천둥보다는 크게
흔들어다오

고별로 남기고 간 네 웃음
죄처럼
가슴에 찍힌 이름 하나로
이제는 목울대를 거슬러 오르는
쓴 강물

어느 맑은 새벽에
신들린 무당처럼 그렇게 떠나가다오

모두 비워야 비로소 안겨오는
눈먼 사랑아

안반데기

삶이 팍팍하다고 느낄 때
맘이 쓸데없는 사치를 부릴 때
영혼의 명령을 몸이 무시할 때
도무지 이게 아니다 싶을 때
대관령 지나 안반데기로 오세요

바람이 불어와요 당신의 어깨 위에
묵은 먼지를 털어내듯
하늘은 아무 말 없이
그대를 안아주네요

선 자리가 벼랑 끝이라는 걸 알았을 때
외나무다리에서 밤을 맞을 때
삶의 무게에 호흡이 가빠질 때
자신의 존재감을 인정할 수 없을 때
피덕령 지나 안반데기로 오세요

땅이 꺼지고 하늘이 무너지는 일은
결코 당신 잘못이 아니에요
당신 잘못이 아니기에
영원하지도 않고 곧 지나갈 거예요

강릉시 왕산면 안반데기 길
그곳에 서면 알게 될 거예요
혹독한 기후 속에서도
시퍼렇게 살아내는 배추의 의지를

더도 덜도 말고 하루만 걸어보세요
초록 물결이 출렁이는 비탈길을
일출과 별 무리가
당신 마음을 어루만질 거예요
안반데기로 오세요

저 언덕 풍력기의 흰 날개는
아무리 세찬 바람이 불어도
더는 빨리 돌지 않아요

삶에 쫓겨 숨이 차오를 때
조용히 한번 다녀가세요
여기는 피덕령 지나
구름도 쉬어가는 안반데기

갈매기

두려워, 그러나 피하진 않아
미친 태풍에도 머리를 돌리지 않아

깃털이 뒤집히면
날지 못한다는 걸 아니까
추락의 두려움 바다에 던지고
멋진 비상의 시간을 기다려

가는 두 다리를 박차고
창공을 향해 날아올라

저 담대하고 도도한 몸짓을 봐
추락의 비애를 넘어
하늘을 지배한 자만이
가질 수 있는 자세

나는 더 높이 떠올라, 자유롭게

사람이 던져주는 먹이에
몸을 던질 때도 있지만

그건 한낮 유희일 뿐
날 속박할 수는 없어

내가 얼마나 멀리 그리고
높이 날 수 있는지 아는 자
내 작은 날개에 빛나는
훈장을 달아주겠지

보다 높이 나는 자만이
보다 멀리 바라볼 수 있어

저 담대하고 도도한 몸짓을 봐
바다를 지배해 본 자의 자태
나는 더 멀리 날아가, 경이롭게
나는 갈매기, 나는 자유니까

늦기 전에

아침 햇살 머금고
숲길 따라 걷는 너
동쪽으로 게으르게 굽은
그 길 앞에서 머뭇거리네

가본 적 없는 그 길
왠지 두려워 외면했지
하지만 길은 부르고 있었어
가야 할 길로 남기지는 마

후회할 거야
가보지 못한 길 끝에
그토록 고운 풀꽃
수없이 피고 졌단 걸

그날이 오면
알게 될 거야
아름다운 건 언제나
거기 있었다는 걸

숨어서 피는 꽃은 없어
세상 모든 빛은 드러나
그저 내가 바라보지 못한
꽃밭이 거기 있었을 뿐

가야만 알 수 있는
세상 가장 고운 풍경
마음에 남겨진 길들
이제 더는 미루지 마

머뭇거리지 마
이제는 나아가 봐
네 앞에 펼쳐진
가보지 않은 그 길

잠을 위한 기도

내겐 영웅이 있네
불굴이라고 말하진 않겠네

의지의 화신은 쉽게
범접할 수 없거니와
신화란 너무 격한 비현실이기에

나의 영웅은 날마다 아프고
힘들다네

밤샘으로 탈진하기를 여러 번
까만 밤을 하얗게 새우다
감각의 금침을 천만 개나 박고서야
아침을 맞는다네

나의 영웅은
언어로 고통을 과장하지 않고
주변을 우울로 이끌지도 않는다네

나의 영웅은

난조의 몸으로도 따뜻하다네
말 한마디,
강제 않는 말씀으로 약속한다네

기도를 드리네
'이내 잠들지라,*
나무가 돌이 될 때까지'

* 제임스 조이스의 소설 「피네간의 경야」에서.

누구시더라

숨을 헐떡이며 닿았지
붉은 사막 한가운데
야트막한 모래 언덕

거짓말처럼
바위산이 우뚝 솟아있고
뒤편엔 소금호수
눈처럼 빛났지

뜻밖이었어 모래 언덕
정상에 섰을 때
모래 껴안은 더벅머리
수염 덥수룩한

눈도 귀도 입도 없는
동그란 얼굴 하나
누군가를 애타게
기다리고 있었지

눈을 마주치자
가지 말라 애원하는 표정

뭉그러진 얼굴 안타까워
마른 가지를 꺾어
눈과 눈썹을 만들고
오뚝한 콧날과 입술도 그렸지

그토록 오랜 기다림에도
작은 미소 하나 누워있네
듬직한 표정이~
그 모습이 마음에 들어

거친 머릿결 쓸어주네
외롭더라도 잘 지내
토닥토닥 돌아설 때

오 이런, 낯이 익다
초면이 아니다

누구시더라
누구시더라

이름

모든 열매는 익어서 씨앗을 품지, 단단한
시간의 머리맡에 잘 익은 기억을 남기고
그러니까 겨울 숲은 기억이라는
씨앗의 저장고, 서고

바람부리 지나 피덕령 넘어
대기리 안반데기 정상에 올라
머리가 베어질 듯한 추위를 뼈에 새기며
바람 하늘에 지워지지 않을
이름 하나 쓰고 그린다

정신이 눈먼 자
영혼의 귀머거리는
읽을 수도 들을 수도 없는
그 이름 하나
천만년의 잠에서 깨어난
우주를 대신할 아주 작은 씨앗 같은

빛

커튼을 걷는다

작은 움직임에도
몸을 뒤척이는 먼지를
부질없는 일인 줄 알지만
빗자루로 쓸어 담는다

작은 빛 하나도
허투루 새나가면 안 되니까

존재감 없어 보이는
먼지 한 톨도
고독한 세월을 건딘 후에야
탄생한 목마름일 테니

행여 바늘구멍만 한 빛이라도
그냥 버리면 안 되니까

아란 아일랜드*

아일랜드에서 다시 얼마쯤 배를 타야
닿을 수 있는 곳이라지, 섬 끝에 있지만
엄마의 치맛자락 뒤에 얼굴을 감춘 아이처럼
숨어있다는 아란 아일랜드

이렇게 예쁜 이름을 가진 곳이라면
눈부시겠지 좁은 골목이 없어
서로 어깨를 부딪칠 일 없는 곳
사람들은 먹을 만큼 고기를 잡겠지

비가 잦은 봄에는 형형색색의 야생화가
섬의 겨드랑이까지 점령한다지
비 갠 후 하늘은 얼마나 푸르겠어

바닷새들의 천국
사철 꽃향기를 실어 나르는 바람
바람의 제국이란 말의 시원이었다는 그곳
그러니 섬이겠지 그러니까 낙원일 테고

만 가지 블루로 빛난다는 바다 물빛

그물을 거두는 어부들의 눈빛은 얼마나 깊을까
외로움을 느끼겠지 어디에 살아도 우린 섬이니까
섬을 벗어날 수 없는 존재니까

이 아침 나는 도시 한복판을 서성대고
무엇을 해도 그대가 좋았다는 아란 아일랜드
아침마다 은빛 윤슬이 잠을 깨웠다는
그 섬이 그리워 미칠 것 같은데

그대가 자주 서성거렸다는 바위 절벽 위에
언젠가는 나도 같은 그림으로 서있겠지
가슴이 미어질 거야 고독하겠지
너도 혼자고 나도 혼자니까
나도 섬이고 너도 섬이니까

아니 아니 혼자여서가 아니라
섬이어서가 아니라
아름다울수록 더 멀리 더 높이 날아오를수록
갈매기처럼 인간은 외롭고 고독하니까

* 아란 아일랜드: 아일랜드 서부, 골웨이 만과 대서양이 만나는 경계 지점에 있는 섬들.

그립다고 말해

외롭지 않다고 말하는 사람은
외로운 사람이야
고독하지 않다고 말하는 사람은
고독한 사람이야

쓸쓸하지 않다는 사람은
쓸쓸한 사람이야
아무도 그립지 않다는 사람은
모두가 그리운 사람이야

우울하지도 슬프지도 않다
독백하는 사람은
견딜 수 없이 우울하거나
슬픈 사람이야

외롭고 그립고 고독하고 쓸쓸하다
우울하며 슬프다고 미친 듯 소리칠 때

우린 알잖아 그만큼
내게서 줄어드는 걸

외롭다고 해, 그립다고 해
고독하고 쓸쓸하다고 해
견딜 수 없이 우울하고
슬프다고 말해

외롭고 그립고 고독하고 쓸쓸하다
우울하다 슬프다고 미친 듯 소리칠 때

우린 알잖아 그만큼
내게서 떠나가는 걸

너를 지킬게

아무 말 없이 그저 우리의 발끝을 믿어보자
지도 없는 오후가 우리를 어디로 안내할지

속도를 늦추면 흔들리는 호흡도 가라앉겠지
그러니까 오늘은 변명도 버리고 그냥 걷자

걷다 보면 어둠이 빛이 되는 순간도 찾아오겠지
얼마를 걸었는지 도착지가 어딘지는 중요치 않아

중요한 건 내가 너를 찾았다는 것
네가 내 곁을 지키고 있다는 것

그래 견딜 수 없을 땐 오늘처럼 그냥 이렇게 걷자
어둠이 뒤로 물러나고 빛이 우리를 감싸줄 때까지

세상이 등을 돌려도 거친 폭풍이 너를 떠밀어도
너를 안고 싶을 때 내가 네게로 달려갈 수 있도록

시간은 중요하지 않아 이젠 울게 하지 않을게
넘어지면 내가 일으킬게 걷고 싶을 땐 오늘처럼 그냥 걷자

추울 땐 내 손이 네 차가운 뺨을 어루만져 줄 거야
더울 땐 네가 좋아하는 가문비 숲이 되어 널 지킬게

오늘처럼 걸으면서 사랑하면서

나는 늘 뜨거웠구나

장마라네, 지금은 밤이고
빗소리 외엔 그 어떤 소리도
들을 수 없는 폭우가 지나가고 있어

그치지 않는 비 때문이었을 거야
오래전에 쓴 산문을 읽다가
이게 정말 나였을까
의심이 가는 한 줄 문장을 만났다네

'무엇을 해도 나는 늘 미친 듯 뜨거웠구나'

그런 사람이 나였다면
대체 나를 미치도록
뜨겁게 한 그것은 무엇이었을까

감자꽃을 보고 있노라면
감자를 잊는다는 사람을 나는 알고 있지
바람 속에 서 있으면 바람을 잊듯이
빗속에 서 있으면 나는 비를 잊어

다행이야
무엇을 해도 지금 너처럼
나는 늘 미친 듯 뜨거웠으니
다행이야
그래서 참 다행이야

4부

무디어지지 않는 기억 저편

바람이 거리를 휩쓸 듯

바람이 깃발을 흔든다고
생각하겠지만
실은 깃발이 바람을
흔드는지도 몰라

구름이 나무에 걸렸다고
생각하겠지만
나무가 구름에 걸린 건 아닐까

처음부터 하늘은
파란색이 아닐 수도 있어
하늘은 처음부터 하늘색이었던 거야

나보다 그대가 더
나를 사랑한다고 했을 때
뜨거운 바람이 거리를 휩쓸 듯

그대보다 내가 더 그대를
사랑한다는 말은
왜 하지 못했을까

바람이 깃발을 흔든다고
생각하겠지만
실은 깃발이 바람을
흔드는지도 몰라

나보다 그대가 더
나를 사랑한다고 했을 때
뜨거운 바람이 거리를 휩쓸 듯

그대보다 내가 더 그대를
사랑한다는 말은
왜 하지 못했을까

저무는 금강 바라보며

공산성에 올라 저무는 금강 바라봅니다
흘러가는 것은 흘러가는 대로 아름답지요
나에겐 시간과 강물이 그렇습니다

강에는 오리 몇 마리 한가롭게 노닐 뿐
겨울 강은 정물처럼 고요하기만 합니다

강변의 나무들이 일제히 강물 속으로
몸을 담그는 시간입니다

강은 나무 그림자를 물에 담글 수는 있어도
어디든 끌고 가지는 못하나 봅니다

나는 물고기들의 안부가 궁금해
임류각 난간에 기대어 강물을 필사해 봅니다
지상에 무용한 것은 없다 했지요

강물이 바다에 이르는 동안
물풀들은 강바닥의 크고 작은
돌멩이들을 부여안고

쓸려가지 말자며 서로 독려할 테지만

결국은 대양에서 하나로 만날 것들
언제쯤 우리는 살아온 시간으로
강의 깊이를 가늠할 수 있을까요

해가 기울자 가파른 산성 위를 말달리는 바람
잰걸음으로 산성을 한 바퀴 돌아 성문을 나서는데
조금만 더 머물다 가라고 공산성이 유혹을 합니다

성곽에 불이 켜진 후에야 그 이유를 알았네요
예까지 왔으니 공산성의 야경은 보고 가라구요

밤의 금강은 묵언 수행에 든 고승처럼
한마디 인사도 없이 나를 배웅하네요

하면 이제 나는 내 안의 소리를 들을 때가
온 것일까요

애월

그러니 가보자 하고
달려간 곳이 애월이다
저 푸른 바다 굽잇길 돌면
무엇이 기다리는지
조금, 조금만 더 가보자
손을 끌었던 건 바람이다

전생에 어느 양반 가문의
첩실 이름 같은 애월
늙은 작부의 이름 같은 애월
해녀 딸 같은 이름 애월

항구에는 출항을 기다리는
낡은 배들이 어깨를 부비며
무료한 시간을 견디고 있다

때늦은 유채꽃 향기 따윈
까맣게 잊고 싶었으나
파도가 애월아, 애월아~
목을 놓으니

자리를 뜰 수가 없다

뭍으로 가는 막배를
고의로 놓치고
갈 곳 없는 나는 방파제에 앉아
물가를 찰방거리며 노니는
달그림자를 안고 속만 탄다

대체 누가 이토록
애끓는 이름을 지어
열일곱 춘정처럼
내 맘 흔들어 설레게 하는지

애닳고 서러워라
애월이 물가의 달빛이라니

새벽 기차

다시 몹쓸 그리움만을 가슴에 묻고
손 흔들어주는 그대도 없이
나는 새벽기차를 탔다
안개 가득한 새벽과 아침이 그렇게 오고
비 오는 밤도 길고 느리게 지나갔다

기차는 새벽이슬
달맞이꽃의 창백한 가슴을 안고
여름을 건너 가을로 가는
무거운 바퀴를 기도하듯 굴리는데

그랬던가 내 안에
그리움이라는
잘 달구어진 쇳덩이가 있어
꺼질 줄 모르는 불이 있어
참혹한 노래가 있어
긴 우기에도 홀로 젖으며 타오르는지

전쟁처럼 혁명처럼 타오르는 것이 어찌 사랑뿐일까
불 질러진 노래가 어찌 그리움뿐일까마는

지치도록 낯선 계절을 달려 당도할
무거운 짐을 부려도 좋을 빛 부신 가을
지상의 방 한 칸은 어디에 있는지

그대를 그곳에 두고 길을 나서면
아주 멀리 달아나도
그대 있는 그 자리로 되돌아만 가는지

우체국 계단에 앉아

화사한 봄날
묵은 통장을 정리하러
우체국에 갔다

언제부턴가 그곳이
그리운 사람에게
편지를 부치는 곳이 아니라
잔고를 확인하는 곳이 되었을까

낡은 통장을 창구에 들이밀다가
문득, 삶이 쓸쓸해져
우체국 계단에 앉아
소포와 편지를 부치고 가는
사람들을 본다

받기만 하여 부치는 것을 잊은
먼 그리움에 목말라 주소를 찾아본다
내 낡은 수첩은 어느새
많은 이름들을 지우고 있었다

팬지꽃이 노랗게 웃고
인줏빛 우체통이 서있는 계단에서
희미해진 이름들을 떠올린다

몇 장의 엽서를 손에 쥐고
잊어서는 안 될 이름들을 찾아
우체국을 나선다

봄바람이 가르쳐 준
먼 기억 소중한 이름들을 본다

눈보라 속에서

휘몰아쳐, 미친 눈보라
살을 찌르는 물푸레나무
겨울의 채찍이 날 깨우고
난 또다시 길을 잃었지

무수한 야생마들
한 줄기 바람 되어 달려가
멈출 수 없는 본능 속에서
나만 혼자가 되었어

이 겨울이 너무 길어
끝도 없는 굶주림 속에
난 나를 찢고 내 피를 삼키며
숨을 이어가

살아 있다는 것이
자기 피를 삼키는 일이라면
그 누가 감히 봄을 말할까
무너져가는 몸을 안고

침묵 속에 눈을 감는
고독한 짐승의 절규

의식은 희미해지고
내 피로 얼룩진 생의 의미를
비로소 알았지만
아직도 봄은 멀기만 해

촛불처럼 흔들리는 삶
작은 바람에도 꺼질 듯해
돌아갈 집은 있어도
돌아갈 몸이 없는 나는

아, 살아 있다는 것이
자기 피를 삼키는 일이라면
저 문밖의 봄조차
어떤 위로도 되지 않아

마지막까지 저항도 못 한 채
눈을 감는 짐승의 노래

눈 덮인 들판 위에
지워진 발자국 하나
그게 나였다고
그게 너였다고

무엇을 잃어버린 걸까

너를 잃으면
세상 모두를 잃는다는 걸 왜 몰랐을까

네가 곁에 없다면 삶의 의미는
연기처럼 사라진다는 걸
그때는 왜 몰랐을까

lost
무엇을 잃어버린 걸까

영화 '갈매기의 꿈'을 기억하니?
거기에서 만난 갈매기
조나단 리빙스턴과 '닐'의 노래 'bc'

lost
sing
이 짧은 대사가 전하는 메시지

반복되는 닐의 목소리에서
소스라치게 외롭고

고독한 존재의 허무를 느꼈지

오래전 떠난 친구와
더듬더듬 외국어를 섞어 통화할 때
그의 목소리 넘어 뒤에서
아련히 들려오던 노래 'be'

그의 노마드 삶을 떠올렸네
아무도 자신을 알아주지 않는
멀고 낯선 하늘로 날아간
그에게 연민을 느꼈던 걸까

모진 바람에 맞서 작은 날개로
추락하지 않기 위해
시련을 극복하고 있다는 그 말에
눈물이 흘러내렸지

그때부터 시작된 내 눈물은
소금 사막처럼 크고 깊어졌네
내 영혼에 화인처럼 박히게 된

'lost'

Lost?
If I lost,
what on earth did I lose?
무엇을 잃어버린 걸까

자신을 조롱하는 자들을 조롱하며
한계를 시험하는 새 조나단

그는 말하고 싶었지,
"우리의 다음 생을 결정하는 건
'이번 생에서 경험하고 배운 것'이라고

아무것도 배우지 않았다면
같은 세상에서 태어나
다시 같은 생을 살게 될 거라고"

대지의 잠언

새벽 강물에 발을 담근다
가만가만 살에 감겨오는
안개의 입자들
나는 두 손을 휘휘 저어
안개를 밀어낸다

안개가 물러나자
굽은 길을 따라 나타나기 시작한
북한강의 작은 마을들

몸이 몸을 포개던
죽음보다 깊은 정사는
안개가 부르는 허밍이었나

강 쪽으로 몸을 숙인 나무들은
자신의 자리가 물속인지
대지인지 알기나 할까

강물이 붉은 건
가을 단풍의 소행일 것이다

강물만 붉은 게 아니라
대지마저도 물들이는 가을
우린 이것을 만추라 부르지

연두가 봄의 잠언이라면
가을 황토는 단풍이 빚은
대지의 잠언쯤 되려나

허공은 아직도 흰 숨을 내쉬고
바람은 마지막 잎으로 노래하네
흐르지 못한 마음 강가에 쌓여
그리움 하나 피어난다

다시 겨울이 온다 해도
우리의 시간은 물결처럼 이어질 거야
사라짐 속에서 피어나는 것들
그것이 계절의 자비라면

늦었구나

들판으로 나가자
쇳덩이에 묶여 있던 발이
가뿐히 날아오른다

무언가 끝나면
다른 무언가는 시작된다
돌아간다는 말은
돌아서 다시 온다는 말이라네

죽음이 가까워져야 비로소
알게 되는 것이 생이라면
충만했다는 건 살이 떨리도록
고독했거나 치열했다는 말이겠지

버리는 일은 버려지는 일보다
더 어려운 숙제다
낡은 책장을 넘기다 보면
잠들어 있던 꽃잎들이 나풀나풀
나비가 날갯짓하듯
새로운 문장으로 태어난다

끝은 대체로 알겠는데
시작은 늘 캄캄하다
그러고 보니
아, 그것이 시작이었구나
아, 그것이 끝이었구나
안쓰러워라

아침마다 서리꽃이 피고
까칠하게 마른 옥수숫대가
바람에 악기 소리를 내는 10월의 끝

이제 겨우 촉수를 너듬듯
허공에 몸을 기대어 막바지 힘을 쏟는
여린 넝쿨들을 본다

곁에 아무도 없으니 도움을 줄 이도 없다
대책 없이 키만 늘리다
이때다 싶은지 바람을 타고
참나무 가지를 덥석 잡는다

불안인지 안도인지 몸을 바르르 떠는 저것
늦어도 너무 늦었다
곧 닥칠 한파가 가만두지 않을 텐데

내 불안을 일축하듯
그것이 순리이고 자연이라며
외려 너희들은 초연하구나

봄비 오는 날

어느 봄날
당신이 사립문에 기대 있을 때

곁에 내가 있었다는 거
기억하시나요

닿을 듯 말 듯 내가 당신에게
당신이 나에게
치맛자락에 봄물 스미듯
사랑이 스며들 때

우리의 사랑도
그만큼 깊어졌을까요

첫 밤을 보낸 신부가
떨리는 목소리로 등 뒤에서
여보! 하고 부르듯

봄비 오는 날,
당신도 오시겠지요

딸이 있다

아침
첫 커피를 책상에 올려놓고
어느 시인의
'내 딸에게'*란 시를 읽다가
두 딸의 어릴 적 사진을 보는데
심장이 이리 간지럽다

나는 왜 '딸'이라는 말에
호흡이 민감해지는 걸까
아이들이 어릴 땐 나도 딸의
십 대와 이십 대를 궁금해했다

새와 구름과 꽃잎에게서
딸의 향기를 맡았고
하늘과 바람에게서 딸의 미래를 점치고
고래가 힘차게 대양을 헤엄치는 꿈도 꾸었다

딸은 부푸러기, 딸은 새싹, 딸은 솜사탕,
딸은 어여쁜 장난감, 딸은 풍선, 딸은 소풍 바구니,
딸은 신기루, 딸은 사과꽃, 딸은 꽃밭, 딸은 종달새,

딸은 채송화, 딸은 조가비, 딸은 깃발,

딸은 어디로 사라질지 모를 바람

딸은 가르랑대는 새끼 고양이

딸은 망고 열매 딸은 호호 불어줘야 할 아픈 손가락

딸은 걱정나무 딸은 아프고 슬픈 새

어느새 성년이 되고 독립투사가 된

두 딸은 유월의 푸른 초장

타고 올라도 좋을 사다리

밤길을 함께 걸어갈 동지 청춘의 추종자

내게도 시인이 되고 화가가 되고 선생님이 되고

여자가 되고 엄마가 뇌고 절망과 눈물이 되고

그 눈물로 종종 나를 먹여 살리는 딸이 있다

'검은 걱정구름을 폴폴 넘는 새'*가

두 마리나 있다

* 김만호 「내 딸에게」란 시에서 모셔옴.

부겐빌레아

절망이라고 하자, 차라리
세상 어디서나 핀다는 꽃
부겐빌레아

통속적이긴 해도
가증스럽다고는 못 하겠다
신의 실수로 조화가 되려다
생화가 된 꽃
아니라면 용서하시게

노예 문서에 찍은 붉은 도장
스무 번쯤 읽은
그렇고 그런 삼류소설의 줄거리
아니 자신도 어쩔 수 없었을 화냥기

너무 오래 울었나 봐
뭇 사내 앞에서 얼굴은 웃고 있지만
밤마다 베갯잇을 적시던
무용수가 생각나

그대 입술은 여전히 붉지만
달콤하지는 않다네
신의 실수가 있었더라도
부디 아무 곳에나 씨를 뿌리지는 마

술에 취해 아무 곳이나
몸을 부리는 그대 때문에
오늘은 내가 우네
눈물이 없어 슬픈 꽃

열여덟에 집을 나가 타관을 떠도는
내 조가 딸년 같은 꽃

부겐빌레아

가을

나는 소나무에게 말한다
혹은 소나무에게 기댄
상수리나무에게
'사랑해'

나는 어둠에게 말한다
시든 개망초꽃과
등 푸른 개구리에게
미친 바람에게 말한다
'사랑해'

달디단 슬픔에게
유리구슬에게 빗방울에게
못생긴 돌에게
상처에게 말한다
'사랑해'

나는 전쟁에게 미친 고속도로에게
인터넷에게 미사일에게
다시 빵에게

커피와 노래에게
혹은 인형에게 말한다

애인이 아닌 애인에게
'사랑해'라고

민들레

꿈을 꾸듯 무지개를 쫓는다
무지개를 따라 걷는 그림자를
가만히 불러본다
작아서 아름다운 이름 민들레

소리는 세상을 건너지 못하고
되돌아와 내 가슴에 꽂힌다
훨훨 춤추며 내게 온 너를
나는 안지 못한다

하늘을 머리에 이고
부푸러기로 날아가는
씨앗 하나를
가슴 깊이 묻는다

야윈 뺨 위로
하염없이 흐르는 그대 눈물이
내 입안을 돈다, 쓰다
희미하게 느껴지는 체온

씨앗의 꿈틀거림이
가슴을 박차고 날아오른다
그 소리에 놀란 심장이
가파르게 뛴다

기다림은 혼돈의
시작일지도 모르지만
합일한다는 것은
함께 쓰러지고 일어나는 일

그러니 기어이 나는 가야겠다
부푸더기가 되어 훨훨~

날아가 닿을 어느 산마루
지친 그림자만이라도
네 곁에 누일 수만 있다면

어쩌다 우리는

담장 아래 뿌린 채송화 씨가
꽃밭이 되는 동안

어쩌다 우리는
고운 아이로 세상에 와
멋진 어른이 되고 싶었고

겨우겨우 어른이 된 지금
우리가 바라는 건
어린아이로 되돌아가는 것

산다는 건 몇 알의 꽃씨가
꽃밭이 되는 동안
안간힘으로 예까지 와
결국 제자리로 돌아가는 것
그것이 전부는 아닐까

어쩌다 우리는
고운 아이로 세상에 와
멋진 어른이 되고 싶었고

겨우겨우 어른이 된 지금

우리가 바라는 건
어린아이로 되돌아가는 것

물의 누각

강에 던져진 후에야
돌의 생각은 시작된다

놀란 물들이
조금씩 몸을 밀어
자리를 비켜주면

돌은
살금살금 아래로 내려가는 동안
온몸에 전해지는 파장으로
강의 깊이를 가늠할 것이다

뻐꾸기 둥지로 날아간 바람의 영혼

이건 무력감과는 조금 달라
두 눈 부릅뜬 고독
명치끝에 스윽 칼날을 들이대는 외로움
계절이 가을의 마지막 악장을 지나자
나타나는 고독의 깊은 골짜기
절대 닿을 수 없는 바깥
결코 통과할 수 없는 경계
자학과 가학의 언저리
무디어지지 않는 기억
전력 질주하는 배반
비루한 상상력
약속이라는 감옥
개선되지 않는 현실
박제된 꿈과 허무의 속도

무엇을 해도 남아도는 시간
고민하지도 다듬지도 않는 무례한 문장들,
말뚝에서 한 번도 자유로워져 본 적 없는 염소의 눈빛
바람이 돌을 깎는 비결은 멈추지 않고 쓰다듬는 것
거미를 보면서 독수리를 보지 못하는 눈

오독으로 외면했던 모든 것들
낮아진 온도만큼 투명한 빛
불편한 권태와 맞짱 뜨는 용기
파란색 예감에 취해보는 것

같은 공간에서 서로 다른 생을 통과하는
그러나 저 거친 바람도
오래전엔 심장이 팔딱거리는
새의 영혼이었단 걸 잊지 마

께나

마추픽추를 돌아 쿠스코 난장에서
사랑하는 사람의 뼈로 만든
께나 하나를 샀다
안데스 음악을 좋아하는
그를 위한 선물

여행에서 돌아와
살아서 함께 부르는 노래가 많을수록
죽은 후에도
오래 잊히지 않는다는 걸 아는 듯
밤마다 께나를 불었다

곁에 있으면
그리움이 될 수 없다는 말은 거짓말
눈에서 멀어지면
마음마저 멀어진다는 말도 거짓말

저릿저릿 흘러가는 강물도 말라
웃어도 저리 애끓는 가락이 되었구나
구멍마다 흘러나와

어깨를 도닥여주는 노래
괜찮아 다 괜찮아
영혼을 위무하는 피리 소리

한생을 되돌린다 해도
다시 못 볼 그 한 사람
사랑하는 사람이 죽어야 탄생하는 악기
오늘 살아서 불어주는 그대의 께나

어디로 가나

고통은 인간을 고귀하게 만들지
살아 있다는 건 헝클어지는 거라고
그가 죽음을 말했지
그런 생각을 곁에 놓으면
어떤 언행도 하찮아 보이겠지

찰라, 죽음 앞의 짧은 생명
그것은 우리를 우울하게 하지만
삶의 결함을 찾아낼 용기를 주는 거지

끝내는 먼지가 되겠지
죽음의 미덕 앞에서는
억압도 위압도 사라질 테니
고통을 가볍게 여기는 자여
그대의 슬픔은 어디에 있나

밤이면 짐승이 되는 사람에게
웃음을 위증하는 나
고통을 피상적으로 보진 않겠어
마음에 새길게, 그 무게를

이런 고백은 새삼스러운가
그대가 진실을 숨기지 않아 고마울 뿐
고통에 거만할 수 있어 고마울 뿐
그림자를 드리워줘 고마울 뿐

이 밤도 지루한 불면의 천국이길
빌 수 있게 해주어 고마울 뿐
그럼에도 굿 나잇으로
유혹하고 싶어 고마울 뿐

지금 나는 운두령을 넘어
가을 속을 딜리고 있다
산 아래 적산가옥 한 채
이생인지 저생인지

길 위에 서 있는 나는
지금 어디로 가고 있는지

만추

바람이 살갗에 침을 꽂는다
침묵은 말을 버리는 것이 아니라
생각을 버리는 것
하지만 누가 그럴 수 있을까

빗방울이 양철지붕을 난타하던 날
가을과 함께 보낸 책이 되돌아왔다
그의 뜻은 아니라 믿고 싶지만
되돌아온 내 마음은 설자리가 없다

개울가에 노랗게 물든 자작나무 한 그루
산등성이에 홀로 선 미루나무 두 그루
아득한 저 높이를 두려워 않고
초연히 익어가는 감

붉은 사루비아와 칸나 앞에서
미소를 잃은 사람은 가난한 사람이다
그에게 닥친 고독과 쓸쓸은 또 어쩌지
남은 골짜기 단풍은 피보다 붉다

마음이 가난한 이들에게만
영혼의 꽃을 달아준다는 11월
마음 고운 그대에게
'내 사랑은 오직 너야만 해'라는 고백을
노란 산국에 묶어 보내고 싶다

저 나무는 자신을 제외한 크기만큼의
우주가 있다는 걸 알고 있을까
조이지도 헐겁지도 않는
싸늘하고도 냉정한 만추의 11월

떠났지만 아주 떠난 것이 아니고
남았지만 전부 남은 것도 아닌
남은 만추가 머무를 다음 역은
겨울이거나 아니면 너겠지

다시 앵강만

다시 앵강만*으로 돌아왔다
밤은 쇠처럼 단단하고
나는 추억을 생각한다

사람에게, 하늘과 푸른 바다에게,
내가 모르는 누군가에게 바칠
참회도 함께 생각한다

알고 있다
문명으로부터 수배령이 내린 나는
갈 곳을 찾다 예까지 왔으나
결코 이곳도 안전하지 않다는 걸

영혼을 나눈 사랑이라면
생이 끝나도 결코
끝이 아니란 걸
나는 믿는다

내가 당신을 기억하는 한
누구도 내게서 당신을 빼앗을 순 없다

지상의 어떤 말로도
분명히 설명할 수 있는 사랑은 없다
다만 조금씩 드러냄으로써
위로를 얻을 뿐

달빛은 푸른 앵강만을 지키고
신이 내 곁을 지키는
지금 이 순간을
축복이라 여기는 건
여기에 내가 있다는 것

* 경남 남해 남면에 있는 호수처럼 생긴 아름다운 만으로 김만중 유배지 노도가 보인다.

바라만 보아도

처음이어도 천 번은 본 듯
맘 편할 수 있다면
천 번을 만났어도 처음처럼
가슴 두근거릴 수만 있다면

제자리로 돌아와 고맙다고
상처에 입김 불어주며
많이 아팠냐는 말보단
내 맘 안다 말해주기를

여린 잎에도 베이는 맘
유리알 같은 영혼에 감사해야지
바라는 건 사랑이 아니기에
기다림 대신 탐험하진 않겠다

바람에 일렁이는 후박 잎이
당신의 모습이라는 걸
여린 잎 부비는 소리가
당신의 숨결과 노래인 걸

전생의 약속이 희미해져
자꾸만 잊어버린다

있어도 없는 듯 솜처럼 뭉쳐
진창을 뒹구는 저 꽃가루처럼
안길 순 없지만 바라볼 수 있어
얼마나 다행인가

수취인 없는 소포처럼
낯선 공항에 던져진 어느 밤처럼
생이 온통 두려움으로
치가 떨려도

천 번 만 번 부를 수 있는 이름이 있어
얇은 햇살 아래
소복이 내려앉은 이팝꽃처럼
오늘도 나는 눈부시다

몽골 유목

그들의 주식은 양고기다
양을 잡을 땐
비나 눈 오는 날은 피한다
궂은 날에 친구를 보낼 수는 없어

봄에 양을 잡는 것도 금한다
겨우내 잘 먹이지 못한 친구를
먹이로 삼는 건 도리가 아니라네

그래도 해야 한다면
눈을 가리고 신속히 숨을 끊어
한 방울 피도 흘리지 않게 해
친구의 피가 헛되지 않도록

배가 아무리 고파도
고통스럽게 죽은 양은 먹지 않는다
집에서 기른 가축은
가족이기 때문에

긴 겨울이 끝나 초원 가득히

야생화가 피고 나비가 날지
양 떼들 한가로이 풀을 뜯고
게르 문은 활짝 열려

가족들 모여 마두금을 켜며
대지의 신께 노래를 부르네

언제든 떠나고 돌아올 수 있기에
곳간은 의미가 없어
뜻하지 않게 모든 걸 잃어도
신의 뜻에 의지하는 유목

육체를 자유롭게 하는 삶
영혼조차 자유로워지네

책갈피에 잠들어 있던
꽃잎을 깨우듯
봄은 그렇게
대지에 깃들어 가네

우리들의 꽃밭

지금
내가 서있는 여기
연둣빛 새싹 돋아나고
제비꽃 민들레꽃 피어나고

너 있는 그곳에도 새잎 돋고
장미가 정원을
붉게 물들일 때면

너와 나만이 아니라
세상 모두
아니 아니
이 거대한 우주가

하나의 꽃밭이 된다는 말은
틀린 말이 아니겠지

꽃아 힘내라

태풍이 지나간 후 바람은 남았지만
여린 꽃잎들이 여기저기 널브러져 있다
물웅덩이에 목이 꺾인 꽃들이 손에 손잡고
바람에 이리저리 떠다니는 모습이 안쓰럽다

꽃이 진다고 너를 사랑하지 않는 것은 아니다
꽃이 져도 내 사랑은 변함이 없다

이제 사람들은 모진 비바람에 부러져
쓰러진 꽃을 탓하며 외면하고

그토록 다정했던 친구들도
다시는 찾지 않을 것이다
하지만 꽃의 생은 끝나지 않았다

납작 엎드려 살아남은 작은 것들이
다투어 키를 늘려
아름다운 가을을 준비할 것이다

꽃에게도 늘 아름다운 것이 일생일 수는 없지만

꽃이어서 끝내 아름답게 사라지기를 바라는 내게

꽃아 힘내라
너를 보듯 나를 보련다

깊고 푸른 심해

더듬더듬 다가가
손을 적시고
두 발을 적시고

마침내 몸을 던진다
너를 찾아 들어간다
바다는 금세 어두워지고
이제 두 눈으로
확인할 수 있는 건 없다

네가 심해 어딘가에 길을 잃고
헤매고 있을 것이라는 심증만으로
아! 부디 살아만 있기를

지금 나는 심중에 남아있는
지도 한 장을 가슴에 숨기고
아득히 먼 그곳을 향해
헤엄쳐 가고 있다

천길 고요가 만 길의 소란을 덮고

뭔가 끊임없이 위아래로 곁으로 흘러가다가
밍글 손끝에 닿을 듯 말 듯한 것
분명 너는 아니었으니

나는 갈 수 있는 깊이
그러니까 바닥에 몸이 닿을 때까지
수직의 모험을 감행할 수밖에

심해를 뚫을 순 없는 빛
캄캄한 어둠 속에서도 절망하지 않았다

그때 생각난 건
몸이 바닥에 닿는 순간을 위해
준비한 것이 있었으니
두 발을 박차고 올라오는 것

하지만 아직 너를 찾지 못했다는 걸 자각한 난
숨이 멎을 때 멎더라도
조금 더 견뎌보기로 했다

아~ 아~ 너일지도 모른단 생각
찾았구나, 숨을 토하는 순간
손끝에서 다시 빠져나가는 차가운 신기루

깨고 싶지 않은 꿈을
깨어버린 꿈의 허무가 이런 것일까
어쩌란 말이냐
절망할 권리마저 빼앗긴 자의 비애를

바다에 두고 온 것들

마당에서 몇 번을 세며 걸어도
서른 발자국을 넘지 않아
바다에 발이 빠지면
어디든 갈 수 있을 것만 같았지

여름날 물가로 나온 작은 고기들
인기척에도 도망치지 않아
고무신으로 고기를 잡다
옷을 입은 채로 잠수하던 내 어린 날

조그만 물안경에 의지한 바다는
내 가슴을 뛰게 만드는 비밀의 창고
뭘 잡겠다는 생각도 까맣게 잊고서
그저 물속 풍경에 빠져버렸지

손에 쥐고 있던 소라들은
어디로 던져 놓았는지 모른 채
아버지가 부르지 않았다면
영원히 그 속에서 놀았을지도 몰라

해초 숲은 아름다웠고
이름 모를 고기들이 평화롭게 놀았지
시퍼런 바다가 나를 삼킬까 두려워

어린 고기들, 산호초, 해파리들
바다 숲속에서 정신을 잃을 뻔한 적도
그 모든 것들이 나를 감싸며
내 안의 외로움을 채워주었지

끝내 외면하지 않았던 바다와 아버지
가난하고 눈물 많았던 내 어린 시절
내게 시원히 속내를 드러내지 않던
그 두 친구가 나를 받아주었어

그렇게 나는 바다가 좋았다
끝내 놓지 않았던 나의 작은 손
바닷속에 놓았던 것들
영원히 간직할 거야

저녁의 힘

다시는 기억하지 않을 것처럼
강물에 이름 석 자를 던지며
물굽이를 따라 휘청휘청
강 하구로 내려간다

떨리는 손으로
면회 신청서에 서명을 하고
기다림 끝에 만나는 밤의 강은
왜 자꾸만 거꾸로 흘러가는 건지

이런 착각과 혼돈은
무엇 때문에 반복되는지

시골의 으스름은 굴뚝에서
피어나는 연기처럼 아련하나
도심의 으스름은 이유 없이
숨이 차고 다리를 후들거리게 하지

해가 기울면 어느
낯선 골목을 방황하다가도
길 잃지 않고 우리를

집으로 돌아가게 하는 저녁의 힘

하던 일을 멈추고 집으로 돌아가
네모난 식탁에 기도처럼 앉는다

하루의 피곤을 위로받고
네모난 방으로 들어가
네모난 침대에 네모난 이불을 덮고
잠드는 네모난 하루

아무도 깨우지 못하는 잠을
깨우는 아침은 얼마나 대단한가
부자는 시간을 산다지만
가난한 사람은 행복을 산다네

아침은 하루를 이끌지만
저녁은 아침을 일으키나니
수많은 뿌리로 연결된 중심
우리는 그것을
존재의 힘이라 하지

내 영혼 반환할 곳을 찾아

어쩌면 평생을 궁금해했던 화두
지금 나는 왜 여기에 서있으며
이 여행의 종착지는 어디일까

로맹가리에게 리마에서 가까운 작은 바닷가가
세상의 끝이듯 내게도 페루는 세상의 끝이었을까

리마의 시간은 우울하고 느리게 흘러갔다
오래된 도시의 낡은 골목을 순례하는 동안에도
새들이 모여들 바다와 로맹가리를 생각했다

여행이란 저마다 영혼을 반환할 곳을 찾아 떠도는
길 위의 시간이라는 걸 왜 리마에 가서 알게 된 걸까

'잉카의 눈물'이라 불리는 이름의 안개비가
소문처럼 흘러 다니는 리마의 5월
나스카라인이 선명한 페루 리마에서
사막과 물을 건너 도착한 새들의 섬

바예스타스 섬은 인간보다 압도적으로 많은

새들로 이승과 저승의 경계처럼 아득했다
세상을 가로질러 끝의 끝점에서
내 몸은 바람이고 바다고 물결이어야만 했다

지루한 일상을 견뎌야 하는 모순 같은 건
생각하고 싶지 않았으나 불행은
인간의 욕망에서 오는 천재성이나 집착은 아닐까

「새들은 페루에 가서 죽다」에서
그 많은 새들이 왜 페루에 가서 죽는지
로맹가리는 끝내 알려주지 않았다

독단적이고 냉소적인 문체
존재를 혼란스럽게 하는 건조한 문장들
나의 모습, 우리의 모습이기도 한 주연과 조연들
사람의 혼을 소용돌이치게 만드는
그의 글은 처음부터 끝까지 불손하다

로맹가리가 아니었다면
나는 이곳에 오지 않았을까

지금은 새들도 떠나고 없는
빈 바닷가에서 홀로 자문하는 시간

세상 끝의 끝에서도
아직 영혼을 반환할 곳을 찾지 못한 나는
새들의 섬 바예스타스가 눈앞에 펼쳐져 있는
고즈넉한 바닷가를 며칠째 걷고 있다

폭설

폭설, 폭설 다녀가고
고요한 어둠 속
길 잃은 짐승처럼
나는 몸을 웅크린다

백야의 가파른 내리막길을 내려가면
물결에 쏠려
동그란 그리움의 자갈들이
어울려 속삭이는 강기슭에 닿는다

자작나무 숲 너머로
바람의 역류가
영혼을 한 곳으로 몰아간다

그곳에 까마중처럼
끈덕진 냄새를 풍기는
바람 같은 사람이 있다고
눈 위에 한 줄 고백을 쓴다

내가 꿈꾸는 세상, 시는 종이 위에만 머무르지 않는다

1

시(詩)는 종이 위에만 머무르지 않는다. 시에는 늘 소리가 있었고, 말해지기를 기다리는 호흡이 있었다. 시는 노래의 뿌리였다. 다만 우리는 언제부턴가 활자에 익숙해졌고, 시는 조용히 책 속에 머무는 법을 배웠다.

이 책에서 나는 다시 시를 소리로 불러내고자 했다. 인공지능 기술은 시를 대신 쓰기보다는, 시가 다른 감각으로 건너갈 수 있도록 돕는 하나의 통로가 되었다. 나는 여전히 시를 썼고, AI는 그것을 노래라는 또 하나의 언어로 옮겼다. 그리고 나는 그 노래의 첫 청자가 되었다.

자문해 본다. 대체 시는 무엇이며 노래는 또 무얼까.

단단한 글자 하나하나가 상황에 따라 고무줄처럼 형식과 의미를 줄이거나 늘려가면서 여기 붙고 저기 붙어, 어느 순간 눈이 맞으면 끼리끼리 사랑에 빠져 엉기는 모양새를 하고 있다고 가정해 보자. 글자가 모여 단어로 조합되거나 문장이 된 후, 그것이 일정한 리듬을 타고 이어질 때, 비로소 시가 노래라는 이름으로 자리바꿈을 하는. 거겠지. 그러니까 AI의 힘을 빌려 만든 지금의 노래는 한과 흥이보다 자유롭고 모던한 리듬 안에서 서로 교차하며, 이상적인 공감을 끌어내 다양한 기호를 엮는 대중적인 문화일 수도 있겠다.

공상 영화에서 보던 일(사건)들이 일상에서 마주치는 예를 열거하라면 무엇부터 말해야 할까. 24시간 우리의 일거일동을 체크하고 사사건건 주인 행세를 하며 우리의 삶을 관여하는 스마트폰 하나만 봐도 그렇다. 그 작은 폰에 탑재된 기능은 나 같은 사람은 죽을 때까지 공부해도 다 습득하기 어려울 텐데 거기서 몇 차원을 넘어 문명(기술)이 초고속으로 질주하는 현재를 사는 사람들의 관심은 온통 AI에게 쏠려있다. 그렇다면 상대적으로 나 같이 초야에 묻혀 사는 사람은 시대에 뒤떨어진 것인가 하면 그건 아닐 것이다.

2

AI(Artificial Intelligence)는 인공지능을 의미한다.

AI는 인간의 지능을 모방하는 기계나 컴퓨터 시스템을 말하며, 학습·추론·문제 해결·언어 이해·계산·예술 활동에 필요한 다양한 자료 수집, 등등 보다 합리적인 기능을 수행할 수 있게 설계된 기술을 총칭하는 단어로 이해하면 되겠다. AI는 최근 놀라운 속도로 진화하면서 다양한 분야에서 응용되고 있는 가운데, 노래를 만드는 작곡의 영역에서도 내가 만족할 정도로 활용되고 있다.

지난봄, 객관적으로 보면 그리 크진 않지만 그렇다고 아무 일 아닌 듯하기에도 애매한 한 가지 변화를 수용했다. 여기서 수용이라는 피동적 단어를 취한 건 내가 절실히 필요를 느끼지 못했거나 몰라서 못 했던 일을 어떤 계기에 의해 거부하지 않고 받아들였다는 의미로 해석해도 되겠다.

한때, 나의 소원은
국경에 사과나무를 심는 것이었다
지뢰를 걷어내고
누구나 와서 쉽게 하는 것

달빛 아래 붉은 사과가 출렁이고
아이들의 웃음이 그 가지에 매달리면
그곳이 바로 우리가 기다린 세상
— 시 「내가 꿈꾸는 세상」 중에서

평화주의자, 자연주의자인 내가 꿈꾼 세상은 이런 것이었다. 어쩌면 나는 내가 꿈꾸어온 세상이 시(詩)로는 실패일지 모르나 그것이 노래가 되면 어떨까? 한 개의 목표가 실행으로 이어져 결실을 맺기까지 어떤 의례를 거쳐야 하는지 확인하고 싶었다. 무화된다는 건 목적이나 화두가 없는 것이 아니라 틀에 박힌 질문과 답을 뛰어넘어 경계를 허무는 일일 수도 있겠다. 모든 생명은 태어나는 순간 본능적으로 자신의 목숨이 유한하다는 걸 자각하는 순간부터 다음 생(윤회, 부활)을 꿈꾼다고 한다. 그럴지라도 섣부른 연민은 금물이다. 눈 앞의 저 작은 풀꽃은 우리가 생각하는 행불행과는 무관한 생을 살다 갈 것이므로, 모든 생명은 타자의 개입 유무와 상관없이 스스로 완전하다고 하지 않았던가. 저 들판의 꽃을 보라, 진다는 것이 곧 소멸을 의미하는 것은 아니지만 소멸이 없다면 부활이 어디서 오겠는가. 경험으로 보면 시가 삶을 쓰게도 하지만 그보다는 삶이 시를 노래하게 하는 게 아닐까.

3

AI에게 '부표'라는 이름을 달아주면 어떨까를 생각하는 순간 뉴질랜드 피오르드랜드 밀퍼드 사운드와 지상에서 가장 높다는 페루 티티카카 호수가 떠오른다. 이 둘은 다른 이름 같은 뜻으로 기억한다. 영문 모를 기다림 때문이었을까, 터널 끝 속살로 드러난 밀퍼드 사운드는 눈부셨다. 항구에서 바다로 이어지는 해수면에서 보았다, 부표. 아름다움도 지나치면 아픔이란 걸 배웠다. 티티카카, 날 선 바람도 갈대 위에 터를 잡은 원주민의 삶을 표현할 수 없을 듯했다. 그날 습하고 냉한 수로에도 보였다. 부표. 애달픈 고통도 감내할 수 없을 땐 어떤 웃음도 절망을 딛고 일어서지는 못했다. 그러고 보니 자연스럽다는 말은 인위와 아주 닮았다. 자연을 경계하는 인간의 표식이란 어제와 지금이 다르지 않다는 것, 그럴지라도 새삼 연습을 탓할 일은 아니고, 이미 내면화된 삶의 전면인 듯, 그렇게 부표 사이를 배들은 드나들었다. 그런 의미에서 바람의 길목에도 부표는 기호라는 걸 깨닫는 계기가 되었다.

신춘문예 등단작가로 활동한 지 어느덧 37년이다. 사회성이 바닥을 치는 자발적 아웃사이더랄까. 나야말로 어떤 면에서 노마드이고 아나키스트이고 디아스포라이고 오랑캐다. 등단 이후 나름 쉬지 않고 꾸준히 시를 써왔고 시집도 몇 권 출간했지만 근래에 들어 아무리 전전긍긍 시를 써봐도 독자가 없으니 어떤 시를 쓴다고 해도 허무감을 떨칠 수 없었다. 그러던 참에 이 시대 대표적인 지성으로 불리는 유발 하라리(Yuval Noah Harari) 강연을 접하면서 두려움은 있었지만 호기심이 나를 자극한 건 변명의 여지가 없다. AI를 알면 문학도 새로운 시대에 부응하는 길을 찾을 수 있겠구나 싶었다. 그는 AI에 대한 경고로 AI가 '핵무기보다 위협적인 기술'이라고 설파한 적 있다. AI는 '의미'와 '이야기'를 생산하고 조합할 수 있는 최초 기술이며 '인간의 마음(감성)까지 해킹 가능한 기술을 가진 자,'라고 그는 말하고 있다. 이 말은 AI가 인간에게 미치는 순기능과 역기능을 함께 생각해 봐야 할 문제라는 화두를 던지고 있다.

요즘 각종 매체마다 핫하게 다루는 것이 AI다. AI는 나와 무관한 시대가 낳은 첨단 기술 중 하나일 뿐이라며 외면하던 고정관념을 바꾸게 되었다. 그동안 써온 시를 AI 프로그램을 이용, 노래로 만드는 작업을 구체적으로 시도해 보면 어떨까? 평소 그 분야에 관심이 많고, 나의 시에 유일한 독자인 남편에게 이런 작업을 같이 해보면 어떨까 하는 의견을 제시했을 때 그는 외면하지 않았다. 그날 이후 나는 틈틈이 발표한 시편 중 노래가 될 만한 시들을 골라 다듬기 시작

했고 남편은 그 작업을 위한 연구를 시작한 지 얼마 되지 않아 흥미 진진한 놀이에 빠진 소년처럼 모니터를 지키는 시간이 길어졌다.

4

독자 없는 시대에 쓰여진 시편들이 노래가 되어 내 귀를 호사스럽게 하는 과정은 예상했던 것 이상으로 복잡하고 난해했다. 하지만 간혹 맘에 드는 곡이 만들어졌을 때 이만큼 멋진 일이 있을까라는 성취감은 그 과정의 피로를 거짓말처럼 잊게 했다. 우리가 만든 우리들만의 음악으로 이른 아침과 늦은 밤을 풍성한 행복감으로 채울 수 있다는 사실을 뒤늦게 안 것이다. 시를 다듬고 곡을 만드는 작업에 집중하면서 우리는 시간이 빠르게 흘러가는 것을 애달파하고 안타까워했다. 그러면서 우리가 만든 노래라고 우리만 들을 것이 아니라 주변 친구들에게도 들려줬으면 하는 마음이 모아져 여기 시노래집을 조심스럽게 선보인다.

그든 작든 우리는 살아있는 동안, 새로운 목표를 만들고 변화를 꿈꾸며 그곳을 향해 뚜벅뚜벅 걸어간다. 보통의 삶을 사는 이들도 그러한데 아티스트라면 그 갈증이야 말해 무엇할까. 시도해 보지도 않고 붙박이 아날로그 사이클을 고집해온 나에게까지 AI 효과는 예상을 뛰어넘는 충격이었다. 그것은 매번 내가 무엇을 원하는지 알아차리는 것도 놀랍지만, AI가 작업 파트너가 되어 내 생각이나 두뇌가 아닌 변화무쌍한 감정까지 읽는다는 건 불가사의한 일이 아닐 수 없다. 그래서 인공지능인 걸까.

이번 결과물을 통해 AI가 가진 무한한 가능성을 선입견과 의심으로 벽을 쌓고 맞서왔던 고집을 자발적으로 인정하고 철회한 건 개인적으로 수확이라면 수확이다. 하지만 앞으로의 변화나 계획에 대한 생각은 섣불리 발설할 수 없다. 이유라면 답을 찾기도 전에 질문 자체가 의미 없어지는 일이 불 보듯 뻔하므로,

세계를 두 발로 걸어 여행하던 열정의 반의반이라도 이 작업에 몰입할 수 있다면 1년 후 혹은 5년 후 우리는 어떤 변화 속에서 지금의 자리를 지키고 있을지 상상만으로도 흥미롭다. 새로운 변화를 수용하고 자찬하는 의미로 작업실 벽에 조그만 현판 하나 걸어보면 어떨까 하는 생각도 해보고 있다.

때맞추어 평생 직장에 매달려 일만 해온 남편에게도 생애 가장 알찬 휴가를 누릴 수 있는 시간이 주어진 셈이다. 내가 쓴 시를 모티브로 프로듀싱한 시노래를 시시때때로 볼륨을 높여 듣는다. 들으며 생애 처음 시도하는 공동작업을 통해 그동안 누리지 못한 프렌드쉽과 동지애를 새록새록 느끼고 있다. 현재는 모두가 AI를 외치지만 아직 우리에겐 갈 길이 멀다. 그 먼 길의 시작을 겁도 없이 달려들었으니 다분히 실험적인 일이 될 것이고 그럴 수 없다고 해도 이젠 눈을 감고서라도 앞으로 나아갈 수밖에 없다. 실패나 두려움이 개입하지 않는 성공은 성공이 아니라는 것까지도 이미 알아버렸으니까. 지금 누군가 나에게 AI가 무언지 묻는다면 언제든 필요할 때 미안해하지 않고 도움을 청할 수 있는 친구 같은 존재라 답할 것 같다.

감히 말하지만, 그렇다고 이 나이에 머리 아프게 뭐 그런 걸 배우냐 반문한다면 할 말이 없다. 호흡이 멈추는 순간까지는 우리에게 무한의 능력을 주신 그분을 위해서라도 뭔가는 해야 하지 않을까. 그 뭔가를 하려 했을 때 오는 막막함이 귀찮고 두렵다고? 그렇다면 AI에게 직접 물어보는 건 어때?

5

[말:]의 현관문을 연다

아름다운 숲이 잠에서 깨고

비가 내린다,

어쩌면 높은 산중에는 눈이 내리고 있을 것이다

그렇다고는 해도 하루 종일 의자에 앉아 자판을 두드리며 욕망의 기호를 채집하느라

[말:]의 경보기가 꺼져 있는 것도 모르느냐고 화를 낼 수는 없다

그래서 안녕, 하세요 할 말이 있다고 아마 좀 이상하게 들렸을 테지만

그의 [말:]은 대양을 건너다 사하라 사막의 어디쯤이거나 남극의 빙산 아래 불시착한 모양이라고, 그리하여 행방불명이라고,

아무튼 오늘 아침

다시 [말:]의 현관문을 열다

그의 몸 같은 [말:]의 흔적을 더듬다가 밀려드는 흥분의 물결에 저항할 수 없는 나의 내면을 송두리째 뒤흔드는 전복적인 행위를 상상

한다

그러나 벌거벗은 목소리는 내 머리 안쪽 깊은 곳 손도 닿을 수 없는 곳에 자리 잡은 종양처럼 질식한 채로 헐떡일 뿐이다

[말:]의 절멸, 몸의 황홀한 전율을 생각하는 아침이다

차갑고 공허하고 무한한 [말:]의 세계

1초마다 4.2명이 태어나고, 1.8명이 죽은 결과로 세계 인구가 대략 78억 명쯤 된 것처럼, 매초마다 78억 마디의 [말:]이 발화되고, 그보다 수십 배 수백 배나 더 많은 [말:]들이 자판에서 튕겨 나와 종이 감옥에 갇힌 문서가 되고 책이 된다

그렇다고는 하나 그의 머리와 가슴에서 질식사한 [말:]들, 그러하므로 누가 어떤 [말:]을 하든 삶의 지표엔 아무런 영향이 없을 듯한 어둠을 어루만지는

[말:]의 요정에게, 틀린 건 없어 다를 뿐

6

단단하기로 치자면 원석에 가깝지만 입체적이고 역동성을 가진 글이 시(詩)라고 했을 때 가르치려 들거나 보여주려는 포즈가 생략된, 그러니까 억지 부리지 말고 떼쓰지 말고 물길처럼 흘러가는 문장이면 어떨까 하며 원고를 채워나갔다. 여기에 자기 성찰 운운하는 건 반칙이거나 과도한 욕심이겠지. 시(詩)와 1:1일 대화를 시도해본 사람은 안다. 시(詩)는 한 번 통성명을 하고 나면 오래 바라보게 하는 힘이 있을 뿐 아니라 상대를 집중하게 하는 마력이 있다는 것을. 이제 가벼운 입술보다는 펜으로 말해보는 건 어떨까. 자기 철학이 분

명한 사람은 어떤 논제에도 소신을 굽히지 않고 흔들리지 않으며 가던 길을 계속 가는 사람이 아니던가.

'흐르다' '흘러가다'라는 말을 좋아하는 나는 상대가 누구든 물리적으로 이기는 데는 관심이 없다. 상대의 인격과 지적 수준을 가늠하는 데 전공과 최종 학력과 서재에 꽂힌 책의 목록을 파악해야만 가능한 것은 아닐 것이다. 몸에 밴 예절이나 작은 행동만으로도 상대를 읽는 일은 어렵지 않다. 그것이 어떻게 가능하냐고? 굳이 말해야 한다면 그 답은 시간이다. 시간은 모든 것을 날카롭고 뾰족한 시선으로 바라보지 않고 칼을 갈 때마다 그 단단한 돌이 뭉툭하게 제 몸을 깎아 내면서도 빙긋이 미소를 머금은 듯한 숫돌의 표정을 보고 있으면 뭐 특별히 생색낼 일도 아니지만 왠지 나이 든다는 그 자체를 사랑하게 되는 이치와 같은 것이 아닐까 싶다.

청춘일 땐 늘 무엇엔가 쫓기느라 숨이 턱에 찼다. 치열하지 못한 모든 행위는 방임, 혹은 직무유기죄를 적용했다. 언제나 꿈은 가멸찼고 그로 인해 정신은 고단했다. 나는 그 강박증에서 벗어나는 방법을 고민하곤 했는데 그것은 현재보다 달리는 시간을 단축해 속도에서 자유로워질 수 있도록 빨리 늙어버리고 싶었다. 어떤 면에서 나는 감정의 승부사다. 누군가 뼈가 으스러지도록 해하지 않는다면 나는 비교적 관대하다. 그러나 나 스스로 잘못을 깨닫게 되면 그 자리에서 읍소하는 편이다. 그리고 타이르듯 내 자신에게 경고한다. 나도 옳았지만 당신도 옳았다는 것을, 복잡한 수학이나 과학, 혹은 물리 이론 말고 이런 개인적 논리로 AI에게 접근하는 것은 위험할까? 문는다면 내 답은 '그렇지 않다'이다.

7

아이의 마음속엔 수천수만의 천국이 있다고 한다. 아이들이 그 많은 천국을 누릴 때 어른들은 닥치지도 않는 지옥을 걱정하느라 행복할 틈이 없다고 했다. 지금 우리에겐 매일 함께 걷는 숲을 천국으로 가꾸느라 유감스럽게도 불행 따윈 떠올릴 시간이 없다. 시간을 들인만큼 이제 그 숲에서 온갖 자연의 소리와 우리의 시노래가 흘러나오는 것이 일상이 되었다. AI의 도움으로 시작된 이 작업은 우리에게 루저가 될 수도 있는 일상을 즐거움이나 이상향으로 만드는 데 공헌하고 있다. 그러나 그 반대의 수도 한 번쯤 짚고 넘어가면 좋겠다. 고전주의 시대에도 '시가(詩歌)'라 하여 시는 곧 노래였다. 이제 어렵고 난해하다고 외면해오던 시는 일일이 책장을 넘기지 않아도 감상할 수 있는 낭송이나 노래에게 맡겨도 되는 시대가 왔다. 그런 의미에서 딱히 '시가(詩歌)'가 아니어도 내게 주어진 시간은 세상 만물에게 무해한 존재로 살다 가고 싶다.

내가 사는 마을에서 대관령 정상으로 오르는 길목엔 바람이 집요하게 괴롭힌 흔적으로 나무들이 한 방향으로 기울어져 있다. 묘목을 심고 방풍막을 치고 지금의 나무로 자라기까지 시련은 있었지만 생사엔 크게 영향을 미치지 못한 기울기, 저들도 남부럽지 않게 곧게 자라고 싶었겠지만 자신의 의지와 무관한 저 삐딱함을 평생 유지한다고 생각하면 참으로 답답한 일이 아닐 수 없다. 그러나 나무가 저

런 모양새로 서있는 것에 익숙해져 스스로 그것이 가장 이상적인 삶이고 모습이라고 생각할 수도 있겠구나 하는 생각에 미치자 이 또한 나만의 알량한 기우지 싶다.

'실패의 미학'이자 '기적의 건축물'로 불리는 이탈리아 '피사의 탑'이 완공되기까지는 무려 200년이라는 시간이 걸렸다는 일화는 유명하다. 기술이 분초를 다투며 발전하는 AI시대에 200년이라는 시간이 상징하는 것은 무얼까. 피사의 탑만큼 삐딱하게 기운 당신 마음 곁으로 가만가만 다가가 나의 시노래를 들려 드리고 싶다. 감히,

달아실 시노래집 01

AI와 함께하는 시노래

누구시더라

1판 1쇄 발행	2026년 3월 15일
지은이	김인자
발행인	윤미소
발행처	(주)달아실출판사
책임편집	박제영
디자인	전부다
법률자문	김용진, 이종진
기획위원	박정대, 이홍섭, 전윤호
편집위원	김선순, 이나래
주소	강원도 춘천시 춘천로 257, 2층
전화	033-241-7661
팩스	033-241-7662
이메일	dalasilmoongo@naver.com
출판등록	2016년 12월 30일 제494호